活下去 但是要记住

何怀宏 著

北京出版集团公司
北京出版社

目录 Contents

五零后

006 **向死而生，面史而思**

015 **平等的进展与困境** ——《平等二十讲》序言

022 **送铁生远行**

025 **上帝与政治**

029 **一个人怎样进入历史？** ——重读史铁生的早期小说

054 **命运与爱情** ——重读《务虚笔记》

092 **活下去，但是要记住** ——莫言作品中的乡土历史与生命记忆

六零后

124 **寻求永恒的最初那一段路程** ——《遗弃》修订版代序

137 **“世纪末少年”的意识苏醒** ——《不肯离去的海豚》序

141 **为何失望，以及可以抱有何种期望？**——《与故土一拍两散》序

七零后

164 **贴地飞翔**——从梁庄到吴镇

八零后

174 **韩寒想和这个世界谈些什么？**

189 **生长着的写作**——何怡《旧欢如梦里》序

217 **后记**

五零后

向死而生，面史而思

20 世纪的世界和中国都曾卷起过巨大的风暴，但临近世纪末的时候，看来却基本上趋于平息。一位致力于倾听的音乐家梅纽因曾总结 20 世纪说，这个世界曾经唤起了人们的最大希望，最终却毁掉了理想和幻想。在中国，也有一位作家在世纪末静静地思考。他在他“最狂妄的年龄上忽地残废了双腿”，于是很早就脱离外在喧嚣的集体行动，而努力向自己的内心深掘。然而，他的思考仍然深深地反映和折射出这个时代和民族的命运。他甚至就像是代中国而病，为中国而思，其思考在某种意义上可说是对整个 20 世纪中国的一个思想总结。这位作家就是史铁生。几乎没有哪个作家像他那样——“生”如此长久地被“死”的阴影紧“贴”；也没有谁像他那样——生命始终像坚硬的“铁”一样地顽强。史铁生的一生是贴近地向死而生，而他的思考也是紧密地向史而思。这一“史”既包括个人的心灵经验史，也包括社会的激烈变迁史。本文在此仅涉及他面向 20 世纪对政治哲学、宗教哲学和历史哲学最核心的几个问题的思考。

平等与差别

史铁生在他的写作和思考中敏锐地抓住了 20 世纪最激动人心和

最具号召力的一个关键词——“平等”。作为一个残疾人，没有谁比他更切身地感受到人们事实上的差别，他当然渴望平等，甚至还渴望卓越，这样一个好汉子，不说思想和写作的才华，本来还是可以展示身体的矫健和优秀的。但是，他在长久的、并且今天仍在持续的抗争的同时，也深深地知道了自我的限度，知道了普遍需要的悲悯。

的确，“平等”是20世纪乃至整个近代以来的最强音，甚至在整个人类历史中也始终贯穿有这一斗争的主线，就像史铁生在《务虚笔记》结尾写到的：“是差别推动了欲望，是欲望不息地寻找平等，这样上帝就造就了一个永动的轮回。”多少运动和斗争都是围绕着平等而旋转，平等也的确在近代以来取得了巨大的进步。但是，是否能够无限制地追求平等呢？追求平等是否又可以牺牲他人的自由乃至生命为代价呢？而且，这种无限制的平等追求最后是否恰恰会达到它的反面——比如说是某一个人和所有其他人之间的极端不平等（独裁）呢？以及我们是否就要因此对各种各样的优秀和卓越弃之如敝屣呢？或者说，我们只还保留一种卓越，那就是在带领人们追求平等中的卓越；我们只还保留一种英雄供我们顶礼膜拜，那就是在这一斗争中涌现的政治领袖。但这可能恰恰是“少数精英获取价值的方法和途径”。“只有在奴隶的欢呼声中他才能成为英雄，而且这是一个更为聪明的英雄。”

史铁生在“游戏 平等 墓地”一文中写道：“‘一切职业、事业都是平等的’，这恐怕只是一个愿望，永远都只是一个愿望。事实上，无论是从酬劳还是从声誉的角度看，世间的职业、事业是不平等的，从来也没有平等过，谁也没有办法命令它们平等。”然而，“在现实的舞台上虽不能消灭角色的差别，但在理想的神坛上必须树立起人的平等。”“唯当在理想的神坛上树立起人的平等，才可望有‘法律面前人人平等’的现实（没理由把“法律面前人人平等”单送给某一个阶级，因为这是属于全人类的智慧和财富）。”他不希望事实上的平等，因为这不可能达到，甚至达到了将是一幅黯淡乃至可怕的图景。他指出比如爱情就永远不可能平等。但是，他希望法律的平等、权利的平等，并认为这是一种普遍的价值。

更进一步，史铁生深深体验到在20世纪中国那种持续不断乃至愈演愈烈、你死我活的斗争后面隐藏的“结”，乃至如何解开这个“结”的途径。他不仅看到社会、看到制度、看到肉身，也看到个人、看到生命、看到灵魂。新的结论不应当是“一个吃掉另一个”，而应是“仇必和而解”。他体会到人生的一种游戏和角色意识，把罪人不仅看作罪人，也看作是不幸者。于是，他主张：“当正义的胜利给我们带来光荣和喜悦，我们有必要以全人类的名义，对这些最不幸的罪人表示真心的同情（有理由认为，他们比那些为了真理而捐躯的人更不幸），给这些以死为我们标明了歧途的人以痛心的纪念。……我听说过有这样的人，他们向二次大战中牺牲的英雄默哀，他们也向那场战争中战死的罪人默哀。这件事永远令我感动。这才真正是懂得了历史，真正怀有博大的爱心和深重的悲悯。这时我才懂得，人类为什么要有墓地。此前我总是蔑视墓地，以为无用，以为是愚昧的浪费。现在我懂了，那正是历史的祭坛，是象征人类平等的形式。”

这至少对现代中国人来说是相当新颖的思想。所以，我们也许不必对埋葬了过去理想的废墟失望，新的希望、新的理想的幼芽可能又将在这废墟中生长。

灵魂与肉体

在哲学和宗教中极其重要的“灵肉关系”问题，在史铁生那里是通过一个“叛徒”的问题特别凸显的。史铁生在其长篇小说《务虚笔记》中提出了这样一个“叛徒”的问题，他在其他著作中也曾反复谈到这个问题，可见这个问题是相当深地缠绕着他。可是这个问题迄今似并没有引起什么人的注意，没有人去体会作者在其间的悲悯之心。“叛徒”问题似乎是那个特有的人们壁垒分明、斗争你死我活的年代特有的严重问题，而那个时代已经过去。不过，这个问题后面所包含的一个如何看待“灵与肉”的问题其实还值得深究。

“叛徒”的帽子一度满天飞，但我们这里所说的“叛徒”还特别指这样一种“叛徒”，即不是真的信念转变或者为了要升官发财而要改换营垒，而纯粹是受不了酷刑对肉体的折磨而屈服。《务虚笔记》中单独住在葵林中的女子就是这样一个“叛徒”，她是为了救自己的同志而故意将敌人引向自己，但在被捕后却终因身体受不了折磨而成了“叛徒”。史铁生写道：“历史不重过程，而重结果。结果是，她终于屈服，终于说出她并不愿意说的秘密，说出了别人让她知道但不让她说的那些秘密。她原以为她会英勇不屈到底，她确实有过那么一段颇富诗情画意的短暂历史，但酷刑并不浪漫，无尽无休的生理折磨会把诗情画意消灭干净。”作为一个刚刚投身事业者，她并不知道多少秘密，她的供认并没有对“事业”造成实质性的影响，但她终于屈服了，说了违心的话，从此被发配到世界的一角，永远地失去了自己的爱人和自己真正的生活。

今天的人们已经很难体会当时的“叛徒”一词压在人们心头的重量，甚至一个幼小的孩子，那时最为恐惧的一件事也是万一被敌人抓住怎么办，他想自己也许能忍受一般的折磨，但还有许多更为害怕、甚至不知名的酷刑呢，如果把人的恶性调动出来，人类在残酷性上是可以永远花样翻新的。据《1984》中一个折磨者的说法，对每一个人都是可以找出他身体最害怕的一种东西的。而对女性更可加上对身体的严重凌辱。一个陷入敌方营垒的人无法抗拒这种暴力对自己发生，这时候，你会感到一个人身体的极其软弱、无力和渺小。这种酷刑甚至比死亡还可怕，使一个人求死不能。

历史上的确有经受住了极残酷的肉体折磨而展现出一种崇高和超越的精神、灵魂飞升的人们，比如有些追求和仿效被钉在十字架上的耶稣而被各种酷刑折磨死去的基督教圣徒，但这些人在人类中是属于少数，否则就不会被称为“圣徒”了。这里重要的是一种人我之分，多数与少数之分。个人可以为了自己的精神信仰去努力承受世人的罪恶和常人无法忍受的痛苦，但却不可以强求他人、强求多数人都这样做。而尤其是自身幸运地没有陷入那种可怕的境地的人们，更是难说有权力严厉地谴责他人。谁没有真正面对过这一考验，就不能说自己一定能够通过这一考验。所以，有些严厉的谴责针对的只是他人的身体，对他人的身体做一种严酷的要求，而谴责者其实对被谴责者所遭受的命运也是唯恐避之不及。

人们会有自己的精神信仰或事业信念，但每个活着的人也都有自己沉重的肉身。因为这种肉身的存在，就产生种种人类的有限性，如：每个人要活着都需要一定的物质资料和生存空间；每个人的肉身遭受折磨都必然会带来痛苦。那灵魂真正伟大的人能够体会人们的这种肉身性，怜悯和呵护这种肉身性，宽容和谅解众人因为这种肉身性产生的弊病。这种对人们的肉身性的体会和怜惜恰恰是灵魂伟大的一个标志。他自己可以努力冲破肉体的藩篱，但社会制度的安排和一般伦理的要求却不可不考虑人们肉身的这种有限性。

故此，我们也许首先要造成使这样一种折磨同类的可能性大大降低的环境：使种种竞争和斗争不再是那种你死我活，不是你吃掉我就是我吃掉你，双方绝对不可妥协与和解的斗争；使任何一种对肉体的折磨和虐待不管以什么名义，都成为一种罪行；其次，如果还有这样的事情发生，我们还要学会同情不幸遇到这样的事情的人们。

灵魂是重要的，灵魂及其信仰是人区别于其他动物的最高标志。尤其在现代这样一个看来有些过于崇拜身体、追求物欲的时代，一种精神的追求更显出其意义。但是，肉体也是重要的；尤其是，不仅自己的身体，他人的身体也是重要的。它甚至是我们目前唯一确知的生命——包括思想、理性乃至灵魂的生命之载体。而消灭一个人的身体，也就是把他尘世的、也许是唯一的可以灵肉合一的生命消灭了。而折磨人的身体甚至比这还要坏和卑鄙，它还包含了对一种人所共具的弱点的侮辱和利用。一个健全的社会应当努力减少种种对人的肉体生命的无视、轻忽和践踏的现象。今天我们甚至可以这样说：

“谁不能好好地对待别人的身体，也就没有好好地对待自己的灵魂。”

历史的动力与目标

史铁生的精神追求和执着思考是紧密地联系于历史、时代和社会的，这正是我很欣赏陀思妥耶夫斯基，也同样很欣赏史铁生的一个原因。那是他的地坛：“在人口密聚的城市里，有这样一个宁静的去处，像是上帝的苦心安排。”在那里，他可以一连几小时专心致志地想关于死的事，也以同样的耐心和方式想自己为什么要出生，同时又观察周围来来往往人们的世态，而他也就在这世态之中。

20 世纪中国的历史波澜壮阔、跌宕起伏，到了世纪末清点的时候，大概会再一次出现这样的问题：谁是历史的主人？或者说，谁创造了历史？是英雄、还是奴隶创造了历史？经过一个世纪的动摇颠覆，主流的话语已经是“奴隶创造历史”。但《务虚笔记》却让其中的一个主人公、画家 Z 提出了疑问：真的是这样吗？“是谁创造了历史？你以为奴隶有能力提出这样的问题吗？……那个信誓旦旦地宣布‘奴隶创造了历史’的人，他自己是不是愿意待在奴隶的位置上？他这样宣布的时候不是一心要创造一种不同凡响的历史么？”“他们歌颂着人民但心里想的是作人民的救星；他们赞美着信徒因为信徒会反过来赞美他们；他们声称要拯救……比如说穷人，其实那还不是他们自己的事业是为了实现他们自己的价值么？这事业是不是真的能够拯救穷人并不重要，重要的是穷人们因此而承认他们在拯救穷人，这就够了，不信就试试，要是有个穷人反对他们，他们就会骂娘，他们就会说那个穷人正是穷人的敌人，不信你就去看看历史吧，为了他们的‘穷人事业’，他们宁可穷人们互相打起来。”Z 最后的结论或许有些“厚黑”：“历史的本质永远都不会变。人世间不可能不是一个宝塔式结构，由尖顶上少数的英雄、圣人、高贵、荣耀、幸福和垫底的多数奴隶、凡人、低贱、平庸、苦难构成。怎么说呢？世界压根儿是一个大市场，最新最好的商品总会是稀罕的，而且总是被少数人占有。”而他认为，世界历史的意义“就在于创造出一些伟大的高贵的灵魂。或者说，存在，就是借助他们来显示意义”。这种精神高贵的灵魂他主要指的是艺术家。

而这历史观的后面是一种平等观。Z 说：“你以为人真的能平等吗？你看见人什么时候平等过？人生来就不可能平等！因为人生来就有差别，比如身体，比如智力，比如机会，根本就不可能一样。”按照此见，楬橥于《独立宣言》的“人生而平等”就并非事实，而毋宁说是新时代价值观念的一面旗帜。

20世纪，如果我们将眼光放长，则可以说整个现代，它的关键词都是“平等”。迄今为止的现代历史的基本动力、追求目标和最后所形成的实际趋势都可以说是走向“平等”。法国大革命曾经暴力地追求平等，但后来人们发现，它在近两百多年间所达成的平等似乎还不如非暴力渐进的美国。法国大革命的主要贡献与其说是切实地实现可能达到的平等，不如说是将“平等”的观念迅速地传播到全世界。在这一意义上，说俄国革命也是它的产儿并不为过。中国革命或可说是“产儿的产儿”。它也并没有脱出“现代”的大范畴。中国也曾在20世纪激烈地追求平等，但同样也没有脱出一度在暴风骤雨后形成的、在一个人和几乎其他所有人之间的甚至更加悬殊的不平等。无限抬高“人民”的结果却使“人民”成为一种空洞的东西，一种缺乏实质内容和约束力的东西。

在西方，古代希腊罗马的世界主要是追求政治、军事或艺术、人格上的优秀和卓越的。是耶稣第一次使人类将注意力的中心转向弱者，是耶稣第一次使弱势的人们得到精神上更优先的关注，使那些贫困者、弱者、畸零人、失败者、被人看不起的人有了一种希望、尊严，甚至有了一种精神上的优越感。这个世界的权力和财富等主要涉及物质力量的领域大概还会是弱肉强食，或至少分配很不平衡，但是，耶稣之后的世界，人们，尤其那些在世俗活动中失败或没有取得大成功的人们，那些不能在生存的链条中居于强端的人们，就不仅可以期望一种彼世的承诺，甚至就在此世，也可以尝试建立一种精神与物质的平衡。近代以后，世俗的追求又占了上风，但在西方社会中，可以说还是保留了这样一块让精神想念生长的土地。

只讲平等是不可能摆脱物欲的。社会当然要努力争取使所有人都过上像样的、使人成其为人的生活的制度安排，为此就要总是给予弱者以特别的物质关怀，创造较好的机会和条件，但人们如果一味追求平等，就可能刺激物欲成倍地增长。而在这种平等追求之外，还有比平等更多的，我们也许还可以说，更高的东西，即在时代和社会的关怀之外，又有永恒与无限的精神维度。而这两者又可以相通：如果拥有这种精神维度，我们也许就不会太以功利成败为介怀，就不会那样急切和狂热地追求物质的东西或状态的平等。

（原刊于《社会科学报》2011 年 5 月 26 日）

平等的进展与困境

——《平等二十讲》序言

1996 年，当中国正在走近它与西方大规模接触和冲撞后的第二个“世纪末”，史铁生出版了他的长篇小说《务虚笔记》，其中的两个主人公有如此一段问答：

> “人真应该是平等的吗？”
>
> “当然。”
>
> “那，你能告诉我在什么时候什么地方，人曾经是平等的吗？你能告诉我，在什么时候什么情况下，人可以是平等的，是一样被重视、被尊敬、被热爱的吗？”
>
> “平等是一种理想，你不必要求那一定得是事实。”
>
> “可如果那永远也不能是事实，你不觉得这很滑稽吗？你不觉得这理想的宣传者们有点儿什么可疑的动机吗？”

而平等也许在爱情中最难实现，有的人被好些人爱上，而有的人却得不到爱情；或者，你爱上了这一个人——那不一定爱你的人，却无法爱那正苦苦追求你的人。真正深刻的爱情几乎总有一种唯一性以致排他性，你常常必须做出抉择。而任何取舍“都意味了差别，价值的或价格的差别，而非平等，绝非平等！可人是多么渴望被爱呀，每个人、每颗心都是多么需要爱呀！任何人都是一样、都是多么期待被爱呀！怎么办呢？”

怎么办呢？即便我们主要是考虑公共领域内的平等，比方说，考虑普遍的博爱甚至就是某一民族的同胞之情或某一阶级范围内的关爱，我们还是会碰到孰先孰后、谁多谁少的问题。不过，我们暂且把回答放到一边，或者说，编《平等二十讲》这样一本书正是为了帮助我们探讨对这类问题的一些答案。

无论如何，我在这里想强调的是，对这种困境的意识与反省正是西方观念大规模输入并实践的一个结果。在某种意义上，我们可以视《务虚笔记》是一个结合个人命运的，对近一个世纪在中国激荡的平等、自由、历史、进步等观念实践结果的形象反思。此前一百年，1898 年，张之洞发表了《劝学篇》，还引《礼记·大传》说："亲亲也，尊尊也，长长也，男女有别，此其不可得与民变革者也。"换言之，一百年前，中国基本上还处在一个如费孝通所说的等级的"差序社会"之中。

20 世纪初，在西方观念涌入中国的洪流中，"卢梭"是一个非常响亮的名字。在本卷的选编中，我们也相当重视卢梭及其法国流派对平等的论述。这首先是因为卢梭是现代系统的平等理论的鼻祖，在近代早期主要以社会契约理论开始探讨制度改进或变革的代表性理论中，霍布斯最强调生存，洛克最强调自由，而卢梭则最强调平等。其次，正是卢梭开始使平等理想和社会实践建立起一种紧密联系，是其思想帮助推动和引发了巨大的社会革命。也许正是因此，卢梭的理论被突出到了一个最重要的地步。它也表现得十分质朴、鲜明，有无比的感染力和社会动员力。最后，卢梭的理论，尤其是其平等的理论可能还是现代思想的一个关键的汇合点，认识它对于我们认识和把握何为"现代性"至关重要。

我们可以考虑这样一条西方的思想线索：古代的思想家在某种程度上都是欣赏和追求卓越的，不主张状态平等的，甚至包括温和与折中的亚里士多德也是如此。柏拉图的“理想国”主张一种“各得其所”的社会等级，如果说还有一种平等的话，那也是局限在统治阶级内部。亚里士多德同意缩小贫富差距，但反对平分和共产。斯多亚派为平等意识的到来做了某种精神铺垫，比如奥勒留的著作虽然认为人们之间存在着诸多的差异，但更强调人们共同的自然本性与合作。耶稣基督的形象和话语在全社会唤起了一种平等的精神，只是这种原始基督教的平等精神是非世俗的，不是要在人间社会实现，而主要是指在上帝那里，或者面对上帝，所有人都是平等的。在这样一个全知、全能、全善的上帝面前，所有人的差别自然都是微不足道的，人追求卓越的努力也是微不足道的。而且，应当考虑到，当时接受耶稣基督的人们，实际上是考虑最后的审判很是临近，所以，人间的事情是不重要的。基督教坚守世俗和神圣两分，虽然后来在天主教会内部也建立了一种开放的等级制度，但总的说并不期望一个平等的人间天堂，而是把人生在世主要看作一段奔赴彼岸世界的旅程。

对“近代转折”之所以发生的一个特别通俗的解释是：人类等了一千多年最后审判和拯救等烦了，或者说是想做点自己的事了。于是，人们开始更关心人间和世俗社会，这样就产生了两条思想路径。一条路径是马基雅维利、霍布斯的路径，是很现实主义的路径，他们最关心的是现实的人间，是世俗的事情，他们重视经验，考虑生存是第一位的，对社会变革可能的崩溃和混乱极其担心，甚至栗栗危惧，不惜先维持一种君主专制，但不再用一种君权神授的理由。另一条路径是空想社会主义和共产主义者的路径，如莫尔的《乌托邦》，康帕内拉的《太阳城》，摩莱里的《自然法典》和马布利的著作等。他们也更关注人间社会，幻想社会的理想状态，但也主要是说说而已，并没有真的考虑实现它的现实途径。他们的精神其实是来自基督教的博爱，只是将天堂由天上降到了人间。基督教为现代人提供了一种理想主义，提供了一种直单线上升的时间观念，也提供了一种平等的思想。上述两种人的立场基本还是精英式的。是卢梭把这两者汇聚到一起，即一方面变现实主义为“实现主义”——这也许是另一种“现实主义”，另一方面将精英主义置换成大众主义。理想必须实现，福利券必须兑现，人类的幸福必须在当世达到，而实现的力量就在人民。要做到“主权在民”，“公意在握”。人性是善良的，人类是可完善的。人类能够在尘世实现自己的美好理想，而这种理想的精髓就是人的全面平等。

近代初期，平等的敌人主要是公开的社会等级，是政治的专制。后来则是权利平等与状态平等之争。在这本书中，除了古典的论述和从柏拉图到密尔有关“男女平等”论述的一个交代，我特别注意近现代“法国思想”与“美国道路”两个方面。法国平等理论的先驱我选了马布利，而集大成者则是卢梭。西耶士主要考虑的还是代表第三等级向特权等级争政治上的平等，后来的邦纳罗蒂、马雷夏尔、勒鲁则由争取政治法律上的权利平等进至为状态平等、事实平等、终生平等而斗争。勒鲁已经意识到传统世界与现代世界的一个基本分野就是由不平等向平等的转换，而托克维尔作为一个法国人跑到美国去考察，更是认识到平等乃是浩浩荡荡、不可阻挡的世界历史潮流，人们只能顺应这一历史潮流，但他同时也意识到平等与自由、权利的内在矛盾和自身困境。

托克维尔是从社会政治上将法国乃至欧洲与作为新大陆的美国结合起来思考的第一个深刻的思想家。后来迅速崛起为一个超级大国的美国与法国在平等观念方面究竟存在着何种相互联系和影响是一个值得继续探讨的问题；但重要的是，美国独立之后，社会也迅速地由一个等级社会转变为一个平等的社会却是基本的事实，托克维尔描述了这一事实，而伍德更认为这种转变的彻底性质甚至可以使其被称作是“美国革命的激进主义”，虽然这一革命并没有采取像法国大革命那样激烈冲突和暴力流血的形式。在美国建国两百多年之后，许多学者，例如波尔，回顾了美国平等的历程以及平等与正义的关系，福格尔则认为追溯到殖民地时代的美国在历史上有四次大觉醒：1. 从 1730 年到美国革命前夕，它为美国革命奠定了思想基础；2. 从 1800 年至 19 世纪 80 年代，它导致了奴隶制度的废除；3.1890 年至二次大战结束，它导致了福利国家的产生；4. 而从 20 世纪 50 年代以降，它开始集中在精神资产或知识资本的平等方面。联系到观念与原则，在 18 世纪和 19 世纪前七十五年，福格尔认为主要的原则是机会和权利的平等。当 19 世纪 90 年代西部开发结束后，出现了另一个新的原则：条件与状况的平等。到 20 世纪 70 年代中期，现代福利制度得以建立。而最近几年，机会平等原则开始重居主导地位，这部分原因是强调个人责任的热烈宗教的兴起。

这种阶段的分法自然也是一家之言，但美国平等的进展却是有目共睹，比如在种族平等方面的进展有从 19 世纪 60 年代废除奴隶制到百年后“黑人民权运动”取得的成果。而在理论上则有像罗尔斯提出的影响深远的“公平的正义”的两个原则。罗尔斯明确地指出这两个正义原则——尤其是主张在社会经济利益上关怀最不利者的差别原则——具有平等主义的倾向。不过，在本书的选编中，我们也对平等问题的复杂性予以注意，包括对平等观念的批评和反省。尼采对原始基督教的平等精神展开了尖锐的批评，而舍勒则试图将神圣的爱的观念与世俗的平等博爱区分开来。萨托利则借助于对又一个百年——激荡的 20 世纪——的平等理论与实践的观察，对平等观念进行了多方面的分析和思考。

第一是参照人类平等观念和实践的历史，我们也许可以说，最优先的是一种生命权的平等。任何人生下来都应有生存的平等权利。第二是一种人格的平等，或得到基本尊重的平等权利；即应当“人其人”，不蓄意或恶意地侮辱和压制任何人。第三则是一种对基本自由的权利，如经营自己生活的自由、拥有自己正当得来的财产的自由、发表言论和表达意见的自由，相信所有人都有一种基本的善观念和正义感，不堵死他们向善或追求自己所理解的幸福的道路，即尊重他们合理的自我选择的权利。第四是一种政治的平等，如政治机会的平等或参与权利的平等。第五是更广义或具有实质性的机会平等，如对物质资源的机会、福利的机会、财富乃至声望的机会。第六则是精神和文化能力的平等，它是更高甚至最高的，是希望人们都能追求精神的东西或者美的东西，追求某种至善，道德高尚、趣味优雅，甚至在这种追求方面达到某种境界的平等，或至少是某种才能、文化水准的平等。福格尔看来就希望今天的美国应当更主要地在精神和道德方面，而不是在经济、物质方面推行平等主义。这是一个美好的愿望，也点出了以往平等主义容易鼓励物欲消费的一些弊病，但关键的问题是，验之于人性，又处在一个以多数意愿为归的社会，它如何可能及能否实现。

《务虚笔记》的结尾最后写道：“如今我常常还能听见F医生对我说：是差别推动了欲望，是欲望不息地寻找平等，这样上帝就造就了一个永动的轮回，或者，这永动的轮回就使‘我’诞生。”

而这里所提到的两个“欲望”可能还是不同的，第一个“欲望”寻求出众、寻求差别，而当差别真的出现之后，又有更广大的、更强烈的“欲望”在寻求平等。或者说，除了对平等的欲望，人还有根深蒂固的另一种欲望，就是追求优秀和卓越，而这也就是追求差别，甚至就在一个人追求平等的时候，稍稍有可能，他又会去追求差别，追求出类拔萃。

这就是平等的难题、平等的困境，而这一观念的困境自然也就是我们的困境、人类的困境。目前我们所能看到的一种解决办法，也许只是在确保一种基本权利平等的基础上去追求一种更高的、但却是复合的、多元的平等。

（本文是为“大家西学”丛书中作者所编《平等二十讲》而写的序言，该书由天津人民出版社 2008 年出版）

送铁生远行

今年的冬天很冷，临近岁末的几天更冷。在这年的最后一天，突然传来噩耗：史铁生走了。这离他满六十岁只有四天，他是在1951年1月4号的一个大雪天出生的。这个冬天虽然寒冷，但到现在还没有下过雪，而只有时时怒号的朔风。

凝视着他在1996年送我的《务虚笔记》扉页上用钢笔写下的有力笔迹，我当年在旁边用铅笔注了几句话：

"史铁生，死贴着生，死始终贴着他的生命。他是从死到生，从死中来，从死中生。死生之间，是一段铁，他的生命命定是铁，他的生命必须像铁。铁冰冷而坚硬，铁是生命的痛苦，也是生命的意志。"

用他自己的话说：他是在他"最狂妄的年龄犯了病"。那是他的二十一岁，是在1972年，也是中国最狂妄的年头。

他那时突然就病了，不知道这病是怎么来的，甚至好久都不知道这病到底是什么病，但从此他就瘫痪了，两腿就不能行走了。他开始一直盼着身体好转，事实却是身体一直变坏。

后来，又不断添上一些别的病，好像什么凶险的疾病都要找他试练一下。他必须每周透析才能维持生命。和后来不断加剧的病痛折磨相比，已经过去的那些被病痛纠缠的日子可能还要算是"健康安逸"的日子。死神一直在窥伺着他，或者说伺候着他。

但他还是顽强地活着。三十多年来，他一直在坚持写作，写下了健康人也难于完成的数量众多的作品，而远为重要的是其作品精神的质地、艺术的质地，是其中闪闪发光的对于美和信仰的渴望。

当有一种气氛使人们甚至羞于说爱、羞于行善，但倒是相当重视延年益寿的时候，他说："靠爱去延缓死亡。"有一个印象永远地铭刻在我的心里了：当一个爱读他的书的少年吴子尤想见他的时候，他马上就答应了。我们接铁生过来之后，自动退后，看着坐在轮椅上的他和病床上的子尤促膝交谈：一个是饱经沧桑的重病患者，一个是染上绝症的花季少年。他们的确比我们离死亡更近，但是谁敢说他们比我们就离生命更远呢？

我认为，史铁生的作品不仅是20世纪中国最重要的艺术收获之一，也是最重要的思想和精神收获之一。而后者是许多杰出的中国艺术家并没有达到的。他也是最近这个世纪之交的一个精神象征。如果没有他，没有他的极具艺术力的描述和思考，前面的许多血泪就可能是白白地流了。他提供了对刚过去的20世纪的一个深刻认识，而他对新世纪、新世界，甚至新的技术手段也充满好奇，同时又深知它们的限度。他对历史动力和主角的探索涉及历史哲学的核心问题，他有关平等自由的思考涉及社会政治哲学的核心问题。而他不仅用心在思考也每日在用身体体会的灵肉关系问题，则是精神信仰的核心问题。

他也许是至死不悔的一个理想主义者，但他的理想主义是偏重于精神信仰的，而不只是执着于国家社会；而他的精神信仰也是不咄咄逼人或教训人的。他始终反对暴力，反对迫害与压制，始终希望我们满怀同情、细心和耐心地倾听尘世间怀有各种各样隐痛的诉说。他执着而又宽容，愿意倾听各种声音；但又温和而坚定，决不放弃自己的向善原则。他并没有留下确定的信仰和教义，但却留下了一个精神探索者的永恒形象。他以他的残躯，努力助我们保持一个健康而坚强的道德和精神的格准。

他好像一直在同死神角力，现在死神似乎赢了。死神终于从我们手里夺走了这个铁汉子。我过去就常常想，他的存在——现在就只是他的作品存在了——就意味着我们对人间总是怀有希望。他存在着，就意味着我们的精神不坠；他存在着，就意味着我们的理想不灭。所以，在他走了之后，我们就更需要读他的作品了。没时间或者不易读懂《务虚笔记》等长篇，哪怕只读一两个短篇像《我与地坛》也行。只要我们阅读他，他就会永远地活着。就像一句老话所说："一粒麦子不落在地里死了，仍旧是一粒。若是死了，就结出许多子粒来。"但这需要我们自己成为那能够让麦子变成种子、让逝者复活和生长的大地和土壤。无论如何，我个人还是深信，在现在这冰冷的死亡的事实之后，将还有一个未来的生命的事实。

我等着，等着这个冬天的第一场大雪。在我的心里，这场初雪是属于铁生的，是他来看望我们。当大雪降临的时候，风不再怒吼了，一切都安静下来了，天空中只有大片大片的洁白。

那将也是我们的祭奠。

（写于 2010 年的最后一日）

上帝与政治

史铁生是作家中的一个思想者，也是一个精神的不懈探索者。他不仅用人物与形象思考，也直接用概念思考；他读了很多非文学的作品，写下了大量思想随笔和散文。而在他的小说中，也有大量的思考。

极其重视思想、渴望一种信仰的精神、一种道德的纯洁感，这使他很像19世纪俄罗斯的一些最伟大的作家。契诃夫对托尔斯泰的有些思想有不同意见，但是，他说，只要托尔斯泰的道德声望在，就能维持俄罗斯文学在一定高度之上。但是，史铁生的确又是很中国的，也是很时代的，他是20世纪中国的一面镜子。

作家不必是直接的思想者和信仰精神的探求者，也能写出很优秀的作品。然而，如果我们能够有同时也是一个深刻思想者和精神探索者的作家，则会是我们的幸运。

对这些思想的内容，我们还需要不断和深入地解读。我今天只是想，是否能用几个词来概括一下他的思想和精神关注的主要空间和维度？

我首先想到的是“上帝与政治”，这是借用描述美国一个哲学家施特劳斯思索范围的话。

这里的“上帝”是打上引号的，在史铁生那里，它不是一个定名，而只是标志对一种超越于人的存在的探求和情感。他的信仰不是对一种特定宗教的信仰。这个“上帝”很高远，好像是在天上，但却可能作为人的精神的根基或统摄起作用。而“政治”则是地面，地面不那么纯粹，不那么干净，甚至有很脏的地方，但这“地面”却极其重要，我们所有人都需要这“地面”作为我们生活的平台。

而我觉得铁生是对这两方面都很重视的，他同时都重视。而且，在他那里，“上帝与政治”并不是分开的，而是紧密联系在一起的。这很重要，如果只有“上帝”而不关心社会政治，那可能我们会觉得信仰者是生活在另一个世界，只是用他们自己的一套语言说话，和我们有一种隔膜；而如果只关心政治，那么就可能一心去膜拜地上的“君王”，无论这“君王”是权力还是金钱。人的心里如果完全没有“上帝”，从来不仰望天空，就可能太执着于人间的蝇蝇营营和成败得失，就可能虚无、绝望，乃至无所不为、无恶不作。而如果我们不重视大地，不重视社会政治制度的改善，大地也可能裂为深渊。而史铁生一方面尊重他人的信仰，他自己也在信仰的路上。他渴望的“神”似无定名，但却有定在。另一方面，他对现实社会的政治不仅不排斥，甚至可以说是非常关注。他思考平等与差别，思考英雄与奴隶，思考人权与法治等许多社会政治的问题。

换言之，史铁生的地坛也是天坛，在他那里，地坛和天坛是相通的。比如，当史铁生说，“在现实的舞台上不能消灭角色的差别，但在理想的神坛上必须树立起人的平等”，而唯有当在理想的神坛上树立起人的平等，才可望有“法律面前人人平等”的现实，以及“当正义的胜利给我们带来光荣和喜悦”的时候，我们却有必要“以全人类的名义，对这些最不幸的罪人（也是“敌人”）表示真心的同情”。我们就看到了“上帝与政治”的这种联系。历史地看，众生平等思想与普遍法治的产生是和宗教信仰紧密相关的，即便在今天，宗教信仰大概也是进入对平等法治信念的一个有力途径。而一种宗教性的深厚悲悯，还有助于防止那种将“敌人”绝对污名化的你死我活的打杀。

当然，在这上、下两端之间，也还有中间部分。这中间的大块是什么呢？那就是个人的对自己所理解的幸福、快乐与前途的追求了，其中也包括性爱。“性爱与政治”，有人如此描述昆德拉的写作的主题。在铁生那里还有“上帝”，但铁生的作品中也有许多对性爱的独特思考，而且，那是从我们一般人所没有的视角的独特思考。

总之，讨论有些作品或许可以脱离作者，而讨论史铁生的作品我想是无法脱离他这个人的。而我觉得铁生是一个同时触及最高和最低的两端的人，是一个顶天立地的人，同时又是一个贯穿中段的人，是一个血肉丰满的人，是一个比我们许多四肢健全的人精神更为健康的人，是一个走向圣洁的人。

我们许多人只是生活在中段，中段对于个人的前程、快乐与幸福也的确最重要，也有许多可歌可泣的故事。但只是停留于这样一种生活似乎总是有些缺憾。史铁生的作品提醒我们随时注意我们自己精神的残缺。但尽管有精神的至高追求，铁生又从来不轻视普通人，从来不轻视肉体，尤其是尊重他人的身体。

由于他的作品和他的人格密切相关，我们除了继续阅读、体悟和解释他留下的作品，我们也还需要积累尽可能多的回忆。我这几天读到了他的妹妹、和他一起插队的朋友写的对他的回忆，非常之好。我还希望看到更多的回忆和解读，还希望尽快看到他的传记。我们绝大多数人离去了，身影会越来越小、越来越淡，但我想铁生不会是这样。其原因大概就在他的文学天才与精神上的顶天立地。我们的社会到处寻找道德楷模，有时甚至人为地树立道德楷模。而其实铁生就是我们身边的道德楷模，而且是如此高大、如此丰富、如此真实的道德楷模。他是我们道德的榜样，同时又是一个具有高度文化教养、丰富思想内涵和杰出文学表达力的人。他不仅是单纯、纯净、高尚、朴素的人，而且是通过一种长期痛苦而复杂的精神与肉体的磨炼达到这种单纯、开朗与纯洁的。

铁生去世时只还差四天就到他的六十岁生日，这是一个遗憾。“四”是一个中国人忌讳的数字，是一个结束的数字。但生命或可延长，而这一结局最终谁都无法抗拒。我们更大的希望是他的精神不死。他是在岁末的最后一天和我们告别。于是，紧接着的就是新的一年的开始，甚至是无限的延伸……

（此为2012年1月4日在“史铁生文学创作研讨会”上的发言）

一个人怎样进入历史？

——重读史铁生的早期小说

我一直要活到我能够
入死而观，你能够
听我在死之言……

——史铁生

在史铁生走后两年的岁末，我们一家去参加了在他去过的一个地方的纪念活动。虽然有友人提供的详细路线，自驾车还是不易找到这地方。但一路的地名都让我们觉得很温暖，也很期待：温阳、柳林、稻香湖……而找，总是能找到，最后我们到达了那可以远眺凤凰岭的河边马场。在会上，见到了铁生的一些朋友，聆听了她（他）们对铁生的一些新的回忆甚至猜测，比如：他写给一个孩子残疾的母亲的反复迂曲和体贴对方的信件；他怎样看待把自己也假设进去的、对当年清华附中红卫兵打人的评论；还有他对诺贝尔文学奖的态度，乃至他如果活着会不会抄写《讲话》的讨论；等等。而所有的回忆可以说都加深了我对他的认识，且无一例外地丰富和提高了他的人格形象，使我对他的认识更为丰满和亲近了。这些回忆和他的作品相印证，展示出他的善良、宽容、坚定、温和，甚至有时也有一些妥协。的确，到目前为止，不仅是我已经读过的他的作品，还有我所了解的他的一切故事和生活细节，都只是使他的人格形象更为充实而又亲切。没有反常，没有失望。

我在会上也做了一个发言，大意是想说铁生是中国的，不仅是现代中国、更是传统中国的孩子，在他那里有深厚的仁义和恻隐之心；但他又绝不仅是中国的，也是世界的，只是首先需要我们自己去继续认识和发现，也需要时间和一个过程。其次，铁生也是时代的，是时代之子，甚至其残躯也就象征了那个残缺的20世纪的中干。他的身体是代时代而病，代中国而病，而他的思考是从一个作家的角度对其生活过的那个时代的最好反思和总结，但他同时又超越了时代，即他又不仅是时代的，也是进入了历史的，其精神更是有一种追寻永恒的维度。

“进入历史”的多重含义

铁生姓史。回来一直在想这个问题：一个人怎样进入历史？“进入历史”首先意味着一个人的过世，他离开了这个世界，他不再可能用他新的行动影响这世界了，作为一个作家，他不再可能生产新的作品了。他的肉体消失或不再是他的肉体了，“永别”代替了“再见”。我们不知道他所去的“那边”的情况，但至少对我们“这边”的人来说，他不会再有活动了。这种“进入历史”对所有人都是一样的，所有人都有这样的一天。这种“历史”是永远的“历史”，是没有“现在”和“未来”的永远的、既定的“过去”，是所有人的命运。

但还有一种“进入历史”不是对所有人而言的，而只是对一些人而言，甚至很少人而言，对他们的记忆不会随着亲友熟人的同样故去而消失，他们或好或坏的“事功”、言行、品德还会留在远为多得多的、和他并没有直接接触的人的记忆之中，且不断还有新的一代代人加入这历史记忆中来或进行重新解释。这些进入历史的少数人自然是以各种各样的方式进入，这些历史记忆也是以各种各样的方式存在。有的人有意追求这种历史之名，有的人却是无意中卷入了历史；有的人死后其巨大的身影虽然看来是某些后人的庇荫，但却挡住了更多的新一代的阳光；有的人其影响似乎开始很小，但随着时间的过去却越来越有力。虽然在永恒面前，所有的人都是渺小的，所有的人间记忆都要进入忘川，但人类毕竟主要还是一种历史的动物，甚至是时代的动物。

每个人都有自己的“历史”，当这个人活着的时候，他除了过去生活的“历史”，他还有“现在”和“未来”，他还能改写自己的“历史”。但一旦他死去，他就只有“历史”了；虽然对这“历史”，后人还永远可以有不同的解读，但对其中的大多数来说，除了一两代人的亲友的记忆，就不会有后人再记得他、知道他了。还有另一些人则进入不仅是他的亲友、熟人记忆的“历史”，还是社会记忆的“历史”。不能进入这后一种历史的人有如恒河沙数，远比进入这种历史的人要多无数倍，但他们的追求、他们的努力、他们的喜怒哀乐并非没有意义和价值。而即便进入这后一种“历史”的人也有历史时间单位的不同，或留下百年、甚或千年的历史记忆，留下“善名”或“恶名”或至今纷纭不绝的名声。有的人是刻意追求、甚至不惜以“恶名”进入这种社会记忆的“历史”；还有的人却是并不情愿或缺乏自我意识地介入了这种历史记忆，因为时代突然把某个关键时刻推到了他的面前。有多少人费尽心机、大轰大嗡，也仍然进入不了这种“历史”，而现在却有这样一个人，他轻轻地推着轮椅就进入了这一“历史”。

这样的“进入历史”自然就会有一种“历史位置”的问题。有的朋友会将铁生和新近获得诺贝尔文学奖的莫言比较，而我心里是想到了鲁迅。侧重从西方文学的角度看，可能会更重视莫言等作家；

而侧重从中国社会的角度看，大概应更重视史铁生等作家。鲁迅或是一个20世纪的“巨人”，一个过渡时期的“巨人”，也是一个因“最高领袖”的赞赏，位置更为高大甚至成为唯一的“文化巨人”；而我以为铁生会是一个属于更长远的时代的“巨人”，一个会有更悠久历史的“巨人”，一个死后将从民间有生机地成长的“巨人”，以及一个长治久安的社会（如果能有）所需要的“文化巨人”。

铁生正是那种随着时间过去，身影却会越来越巨大的精神人格。我们今天还没有充分地认识到他对于现代中国以至世界的意义，还需要通过不断的心灵解读来使他依然活在我们中间，即像他的妻子陈希米最近一本书的书名所说的：“让‘死’活下去。”我们可以思其所思，忆其所忆，望其所望，通过对他的各种各样的追思和解释让他依然活在我们中间。故我希望我自己能不断地重读铁生的作品，包括引领我的孩子也慢慢进入这一独特的文学世界和深邃的心灵世界。

铁生的三十多年创作或可方便地分为三个阶段：第一个阶段是他从20世纪70年代开始，但主要是80年代写下的作品；第二个阶段是他20世纪90年代的作品；第三个阶段是他进入这个世纪以来这十余年的作品。

第一阶段我们可以中国社会科学出版社1995年6月出版，收入了他在1994年以前的几乎全部作品且基本按时间顺序排列的《史铁生作品集》为本，主要是前两卷的内容。其中卷一所收是1978—1984年的作品，除一篇《几回回梦里回延安》之外都是小说，有《午餐半小时》《我的遥远的清平湾》《奶奶的星星》《山顶上的传说》《关于詹牧师的报告文学》等篇。卷二所收是1985—1989年作品，小说有《来到人间》《插队的故事》《命若琴弦》《毒药》《我之舞》《礼拜日》《车神》《原罪·宿命》等，还有不少散文。

第二阶段除了上书卷三所收的1990—1994年的中短篇小说——《钟声》《第一人称》《中篇1或短篇4》《别人》——之外，主要有第一部长篇小说《务虚笔记》;以及散文《我与地坛》《好运设计》《我21岁那年》等。我认为铁生在这一阶段达到了他创作的高峰，甚至是最高峰。这大概也和他获得了稳定的爱情和家庭，思想和写作也酝酿到了一定深度有关。

第三阶段的创作则主要有《老屋小记》、《病隙碎笔》、长篇《我的丁一之旅》等。在这一阶段，由于身体状况的恶化，他写得不是很多了，但仍然笔耕不辍，拿出了不少好的作品。

我最近又系统地重读了史铁生的作品，本文首先想谈谈阅读他的早期作品的体验和感想。我想还是接着谈“进入历史”，但现在要谈论的是另一种“进入历史”，即当一个人活着的时候对自己所生活的时代以及更久远的历史的认识和表达，以及我们对他的这种认识史的再认识，就如铁生在他的三卷作品集后记中写到的：“我常常觉得这是我的姓名的昭示，让历史铁一样地生着，以便不断地去看它。”我们无法回避这“历史”，它就铁一般地存在，甚至铁一般地沉重。这种个人主体的“进入历史”自然和后来他作为客体的“进入历史”有一种深刻的联系；这或许是因为他不是仅仅外在地进入了历史，甚至他根本就不是外在地进入历史，而是内在地进入了历史，是进入了人们心灵的历史，进入了人们精神的历史。现在铁生在某种意义上的确是永远地定格了，他不可能再增添他的作品了，不再能够用新作来更加丰富他的思想了。但在某种意义上他又远远还没有定格。对这些作品我们还没有认真地反复细读，更不要说给出各种各样的丰富的解释了。而我个人认为，他独特地进入历史的途径是他同时把握住了社会与自我、时代与永恒的两端。“时代”是“历史”中离我们最近的一段；而“永恒”则是那“历史”向那无限的彼岸的无限延伸。

首先是写实，首先是关心社会

铁生最早的、写于20世纪70年代末和80年代初的作品都是比较写实的，甚至是相当白描地叙述和写实的。写于1978年、收入《史铁生作品集》卷一开篇的《兄弟》（此篇曾名为“墙”，初次发表于民刊《今天》4期），写了一个杀人犯被处死刑的故事。杀人者于志强是属于性格刚强，甚至暴烈的一类，他为了给自己有些懦弱的哥哥盖婚房，和邻居发生矛盾，结果在争吵中杀死了对方，属于典型的“激情杀人”，然而却被判处了死刑。作者回忆起了于志强小时候翻墙来自己舅舅家摘枣的事情。这里已经出现了差别，不仅是那些为了生存而挣扎且看不到好的前程的于家与过着较优裕的生活、有很好的前途的表哥一家的差别，乃至形成一种更鲜明的对照：作为法官的表哥代表“人民的利益”进行宣判，他自己新婚新房，前程远大，而另外一个同龄人却要命丧黄泉。一墙之隔，舅舅家是两层楼房，而墙外的人们则在小院里挤着。的确，除了自傲和麻木的表哥，墙内的“我”、表姐还有舅舅都是对墙外的人们同情的、态度友好的。但这毕竟是两个相当不同的世界。围观死刑的群众对于志强的死是“愤怒的”、叫好的，而他们中绝大部分其实也是平时挤在小院里生活的人们，是处在和死者一样的社会地位。

我一直认为，对死刑或者说生命（哪怕是一个犯罪者的生命）的态度是一个测度，是对个人心灵的一个测度，甚至也是对民族精神的一个测度。它触到了我们心灵深处最柔软的一块。我们心里有没有这样的最柔软和敏感的一块？我们是否意识到他们还是和我们一样的人，他们的生命也是生命？我不否认绝大多数民众其实根本上是善良的，但有时也可能会是糊涂的，甚至是可悯的。他们是否意识到许许多多这样的被杀者其实正是最贴近他们的“兄弟”，以及还可以有的一种“四海之内皆兄弟”的情怀？

我想这开首的小说用过的两个篇名“墙”和“兄弟”正好意味着两个关键词：“差别”和“同情”。“墙”意味着“差别”和“隔离”，而“兄弟”意味着同情与怜爱的联系。这两个关键词将始终同时存在，而且几乎贯穿铁生作品的全部。紧接着的第二篇小说《爱情的命运》也是如此，这里的差别更为明显。其中的一对恋人，一个是能请保姆的高干家里的男孩，一个是保姆的女儿；两人地位悬隔，后来距离也遥隔，但他们之间还是发生了一种强烈的感情。但到最后，双方地位的悬殊最终依然导致了悲剧的命运。但一种爱情还是存在，或者说的确存在过，虽然其中男孩的爱情中可能也还抱有同情，而女孩，尤其是其母亲，更早地意识到了这种感情并不会带给双方幸福并予以拒斥和放弃。她们知道自己逾越不了这社会的差别，强行逾越或还会带来更大的痛苦。

这两篇小说的写作技巧还比较稚嫩，但却让人感动与欣慰，即作者总是同时注意到人们中间存在的各种差别而又对弱势表现出深深的同情与爱。如果说面对弱者的恻隐之心是一个人道德的发端，那么，它也是一个具有深厚人道主义精神的作家的最好起点。

而人与人之间差别的产生不仅是因为天赋，还是因为社会。有一些差别完全是人为造成的，也是可以通过制度的改善来予以消除的。铁生同时注意到两种差别：天赋差别与社会差别。但他更优先关注的是社会的差别和制度的改善。他第一篇在正式刊物上发表的作品——《法学教授及其夫人》（刊于《当代》1979 年第 2 期）写一个在大学教法学的谢教授和他的妻子陈谜，那是老一代从民国过来的知识分子。文化是会有一种滞后性的，在新中国成立之后的头一二十年里，大学里其实还多是这种民国范儿的老派教授。他们老派到什么程度？——别人借了他们的钱未还，这两位老人以后甚至避免登这个人的家门，以免让人误以为自己是来讨账。

这位法学教授的儿子在 1976 年“四五运动”后被抓了，教授气愤地来回踱步，说宪法不是规定了人民有言论自由，集会和游行的自由吗？！但他妻子提醒他：“可言论自由，集会和游行的自由是只给人民，不给敌人的呀。”教授一愣说：“我们的儿子不是人民吗？”妻子说：“可自从他在天安门自由言论和集会了之后，人家就不承认他是人民了。”结果正是“自由的言论把言论的自由给弄丢了，要不自由言论，本来他是可以永远言论自由，也就还是人民的”。教授承认说。“我教了一辈子法律，却一直没发现这个毛病。这毛病，就出在——什么样的人是人民，什么样的人是敌人，没有一个严谨的法律标准，而是由那些凌驾于法律之上，逍遥于法律之外的人说了算的。”

教授这里稍稍显得有点“迂腐”：经过新中国的二十多年“教育”，尤其是“文化大革命”的“洗礼”，应该说一般人早就应该“明白”这个道理了，一个人也必须“明白”这个道理，即“人民”的范畴并无法律的明文规定，其实还是要由具体的人，事实上也就是有权解释的人来界定的。这样，有权力者说你是“人民”你就是“人民”，说你是“同志”你就是“同志”，而说你不是你就不是，甚至昨天说你是，今天还可以说你不是。而更为吊诡的是，你如果不去行使宪法所赋予的“人民的权利”，你就还是“人民”；而你如果一旦行使这些权利，你也就不再是“人民”，就可以对你实行镇压和专政了。而最不可解的还是：即便几年之后证明“四五运动”是对的，但参加者还是错的，因为他们预先（先于上面）做了正确的事情。所以，法学教授的妻子会哆哆嗦嗦地关上窗户，抽抽搭搭地说："儿子恐怕还不是人民，我听人说了，在'四人帮'没打倒之前，儿子就自由言论了。"自然，到这个时候，权力垄断真理已经是强弩之末了，时代后来的确迎来了一个比较放松的时期。而铁生应该说在这里还点出了一个他出生之后最大的秘密，即"人民"一词的秘密，并发现了它的虚幻性。新中国成立以来，最流行、最正确的一个词也就是"人民"了，从"人民政府""人民法院""人民公社""人民币"，一直到"人民万岁！"，但"人民"这个词也是最笼统、最含混，似乎最广泛，但也最具排斥和斗争意味的一个词。

这里还涉及对基本"权利"或者说"自由"的理解。这些基本权利包括言论、信仰、集会、结社、人身安全和财产不可被任意剥夺，以及政治上选举和被选举的自由。的确，这现代普世意义上许诺给所有人的基本权利并不总是意味着事实，其中的许多权利并不是所有人或在所有的时候都会使用，但这和名义上宣称而实际上不许拥有这些权利的情况还不一样。有些人对有些权利的不行使或和个人价值观念和主观态度有关，或和社会提供的条件有关，比如有些人不愿意去投票，或者有些物质条件的不便使其没有去投票，于是，社会在这方面是需要改善和补足的，但这种情况和事实上完全禁止人们去投票还是不一样。铁生是意识到了这一差别的重要性的，正如他后来在《山顶上的传说》中写到的："结果和权利不一样。没有被选上总统的人，有些是有被选举权而没有被选上，有些则是没有被选举权而根本不可能被选上。这不一样。一点都不一样！"意识到这一差别非常重要，因为有一种思想正是通过批判这种所谓"权利的虚幻性"来否定所有人拥有基本权利的整个自由民主制度的，这种思想似乎是想达到更"全面、彻底和实质"的"人民民主"，但不知何故却为此甚至愿意和实际完全勾销人们的基本权利的制度和理论结盟。

权利总有一种虚拟性质，它和结果不同，和实效不同。你拥有信仰自由的权利，你可能仍然没有信仰或不想有信仰；你行使了言论自由的权利，但可能仍然不起作用，人们不相信你说的；你行使了选举的权利，你还是没有选上你投票的人，因为你的选择不属于多数；你行使了经济自由的权利，但你还是没有发财，因为你的能力不济或运气不够。总之，有些人不行使或行使这些权利没有得到自己想要的结果，可能是因为价值观念、判断和能力，也可能是由于命运和偶然性。甚至还有的人根本就不愿行使这些权利。还有些权利，如政治选举，是需要多数裁决的，少数的政治意愿可能会被否决；但有些权利则是不能够多数裁决的，比如言论和信仰的自由，即便你是属于少数，社会还是要保障你的这种自由，当然，你也要习惯于自己的信仰就是属于可能比较异类的少数，你可以去争取说服和改变别人，可以争取去变少数为多数，但你绝不能通过剥夺别人的基本权利的方式去达到你想要的结果。一时甚或长久居于少数的你虽然没有达到你想要的结果，但是你进行了这样的活动。而只要你可以行使这些权利，完全可以有这样的活动，你就是拥有这些权利的。而不是说你通过行使这些权利但没有得到这些结果，那你就不拥有这些权利。权利不是结果，不是实质的结果，尤其不是物质的结果。这和这些权利实际根本上就被剥夺的那种“虚幻性”还是完全不一样。只是名义上规定的“权利”，哪怕它规定得似乎更广泛，却是不能行使的“权利”，因为人一旦行使，就不再属于可以行使这些“权利”的主体之列，这实际上就将取消“权利”的主体，于是也就取消了本可与“权力”抗衡的“权利”。

铁生 1983 年的《白色的纸帆》还具体地写到了选举。小说中的

“我”负责给各家送选民证，选民大多微笑着说“这是党给我们的光荣权利”,但也有以为是送购物票证的。最后“我”和老江统计选票，基本上都是预定的五个候选人“前三个是圈、后两个是叉”。老江非常“认真地”想从这些选票中找出一张错发给了精神病人的废票，而“我”则想:“我还没有老,还需要认真,真正的认真……”的确,“真正的认真”和落实的民主选举是需要一种训练和过程的。那毕竟还是一个刚从“文革”中过来的年代，墙上还留着“打倒刘邓陶”的痕迹，而问题在于三十年后我们在这方面前进了多少，可当时的年轻人却已经都老了。

铁生早期小说中的这最初几篇，艺术上是朴实的，政治上也是朴实的，甚至也有一种政治文化的滞后性，即带有当年话语和心态的痕迹。但正如我们上面所分析的，他在其中揭示了一些根本和重要的社会问题，以及政治和法律问题，乃至正确地预示了解决这些问题的方向。他 1979 年又写出了《午餐半小时》，这篇生动描述他曾在那里待过七年的街道小厂的文字，让我们看到他是深深知悉底层生活的，因为他就是他们中间的一个，甚至就以为自己的一生也将这样度过。然而，他还是在努力描述他们的梦想和希望 :“一双双眼睛都闪着一种奇异的光——向往的光？欣喜的光？还是如愿以偿的光？说不好。总之，是这间东倒西歪的小车间里罕见的光，是这些年过半百的眼睛里少有的光。人们像一尊尊石像，直勾勾地望着一个固定的地方。有的在抠腮边的痣，有的在掀鼻孔里的毛，有的从鼻孔里抠出些东西来在手指间探着……好像都在谛听着什么福音。”现实也许就是“抠鼻屎”或包含着“抠鼻屎”，就是极其平淡和乏味的生活，谈论一次车祸也能激起不少浪花 ；但人们的眼睛里却还是闪着光，在梦想着什么，盼望着什么，尽管可能是卑微的梦想：梦想转正，梦想生活有保障，当然，还有一个 21 岁就残疾了的年轻人也在其中暗暗地梦想事业与爱情。

铁生几乎是与新中国同龄，他所生活的早年时代是一个可以名为“毛泽东时代”的时代。这个时代的一个明显特征是拥有“四个伟大”的“英明领袖”的至高无上，而其他所有的个人和自我都受到压抑，即如他在《神童》这个短篇中显示的，姥姥听了“耳朵识字”的报道，也试着让其孙子明明来摸她写着字的卷着的纸条“识字”，结果还真都对了。但当姥姥惊奇地向人夸耀的时候，明明却伤心地哭了。只有他心里明白，其实他什么也没摸出来，而是猜出来的。因为他知道，姥姥这辈子只会写“毛主席万岁”五个字。

铁生离开学校后所亲历的生活主要有两段：一是在陕北插队近三年的生活；另外是在一个街道小厂七年的生活。那年代的生活是相当艰难的，政治是很有风险的。而作者的名篇《我的遥远的清平湾》让我们得知了作者对艰难生活的一种态度，他在一种很艰难的物质生活条件下，仍然发现了一种普通人的人性美好和生活中的韵味，那个“破老汉”，那个小女孩，甚至那些“牲口”。他为什么能把那段艰苦的生活写得那么平静，那么美？的确，那是写他双腿好的时候的生活，这提供了一个理由；但这又毕竟是在他腿残之后写的，不过是在他经过了磨炼，愤怒消散之后写的，在他对人生的态度已经变得温和之后写的。而更为根本的是，他的心中永远有一种摧毁不了的善，一种掩埋不了的美。故而那里的生活虽然是那么地苦，但他还是写得那么地“甜”。他写到那里的人们“吃的难，烧的也难，为了一把柴，常要爬上很高很陡的悬崖”，农活还很重，而农耕工具的简陋和吃力和两千年前都差不太多，人们生活的状况也比解放二十多年之前并没有什么改善。铁生一代人作为北京知青来到了这里，他们中一些人的父辈过去正是从这块土地上“革命”出来的，他们在北京的生活虽然也并不宽裕，但也许到这里才第一次看见了

“穷形毕露”的真相，看见人们如何像动物一样为最基本的生存而默默挣扎。胜利之后的“革命领袖”常走和居住的是秀丽的江南都市（我有一次听浙江大学的副校长说，据统计毛主席解放后至少来杭州住过 49 次)，却从来没有回到过这对“革命”贡献最多的地方一次。然后是“革命的后代们”响应“伟大领袖的号召”来到了这里，发现老百姓的生活还是那样穷困，而且他们在这里无论怎样努力和“革命”，也改变不了这穷困的基本情况。然而，人毕竟是人，人有人的希望，人的爱怜。作者写道：“我很奇怪，生活那么苦，竟然没人逮食（像燕雀）这些小动物。”而“破老汉”也不肯吃他所养的老黑牛的肉。他们也会天真地憧憬着城里乃至北京的生活会是什么样的“美好”。

作者后来在散文《相逢何必曾相识》中更具体地写到了他插队那时陕北生活的艰辛：“糠菜半年粮”已经靠近了梦想，实际是“糠汤半年粮”。老百姓的家里“一眼窑，进门一条炕，炕头连着锅台，对面一张条案，条案上放两只木箱和几个瓦罐，窑掌里架起一只存粮的囤，便是全部家当”。而他在《插队的故事》中则点出了这是制度的问题：当时村里有过革命经历，又因最高龄享受一点特例的全村最年长、近八十岁的一对老人可以养鸡养猪，结果生活过得比青壮年的儿孙一辈都还要好点，能够自食其力。而“年富力壮的人是不允许这么干的，否则就挨一顿批判，或者被公社来的人绑一绳”。在领袖的整个伟大战略部署下，响应其号召的知青们开始也积极参与了一些运动和斗争，比如在“以粮为纲”的激励下，带头把村里果树都砍了种粮食。好在他们不久就知道绝不能再那么干了，他们的命运和农民们的命运已经连在一起了，尤其开始几年“差不多绝了回城的望，相信就将在那高原上繁衍子孙了”，而“谁处在这位置谁都会幡然醒悟，那样干没有活路的”。

史铁生还写到了时代与社会的变迁带来的对人们心灵和命运的

震荡。在《奶奶的星星》一篇中，奶奶的命运几乎是随着阶级斗争的紧松而张弛的。在阶级斗争越来越紧绷的“文革”前夕，她终于被驱回了老家，而不能再和自己的亲人待在一起。而这伴随的是对一个孩子心灵的震撼——当他第一次发现自己亲切慈祥的奶奶竟然要被划归“敌人”一类。痛定思痛，他写道：“人类浩荡前行，在这条路上，不是靠的恨，而是靠的爱……”而在《关于詹牧师的报告文学》中，他描写了一个早年是教会人士，后来虽然力求一直紧跟时代前进的步伐，一心追求进步，却还是不能成功，甚至被视为“风派人士”的先前是牧师、后来是传达电话的人的命运。虽然讽刺文学并不是铁生所长，但我们从这篇小说中却能看到时代如何影响一个本来是彼岸“神的仆人”的轨迹，我们在这里也第一次发现了时代与永恒联系的明显痕迹——虽然这种联系是相对外在的，是时代挤压永恒，社会政治压抑自我心灵。一个被收养的孤儿詹庆生被选进了小教堂的唱诗班。那时他的嗓子还很清脆，眼睛还很明澈，望着窗外神秘莫测的蓝天，虔诚地唱赞美诗，而门边站着个小姑娘，听得入迷，痴痴地盯着这个少年，那就是后来的詹夫人。然而，这个富有才华的少年的性格是有点赶潮流的，他总是希望不被时代落下，甚至不仅是跟着走，还能走到前面去，成为时代的弄潮儿乃至先锋。如果他完全没有才华或许要好些，或者他紧跟时代的欲望不那么强烈也要好些。但他两者都有。结果，他不仅没有达到想达到的此世目标，当时代又一次打开可以凝望彼世永恒的窗口时，他却也还是不能回到教会。但是，詹牧师死后，他儿子给他换衣服时发现，在他贴身穿的衬衣兜里有一个紧裹了几层的小塑料包，里面有两张照片：一张是“全家福”——年轻的詹牧师夫妇各自抱着他们的小女儿和儿子，另一张是詹牧师当年获硕士学位时风度翩翩的留影。除此之外，遗物中则还有一个镀金的小十字架。看来核心的东西还是没有改变，也不容易改变：家庭的幸福，那是传统中国人最看重的；获得硕士，那是他作为现代人最光荣、也是青春最富有向往的一刻；而小十字架，可能还是他终生隐秘的信仰。然而，所有这些个人正常的愿望，在过去的那个时代里，都必须被深深地藏起来，却必须与大家合在一起，做出许多不合自己本心的表演夸张乃至互相伤害的举动来。

自我的涌现，传奇的出现

接近 80 年代的中期，史铁生的写作内容和形式风格有一种明显的转向。他对他外在经历的那两段生活后来其实写得并不太多，也不再多用叙述和写实的方式。他也不想再“深入”所谓的社会生活，且不说他的行动受限，他更想深入的是自己的心灵，是重新发现自我。或正是由于自我的涌现，他的写作艺术也上了一个新台阶，他开始找到了或许最适合自己的表达方式。时代的文化与思想氛围直接影响的痕迹在他的作品中越来越少，作品发表与否也已经很不重要了，他只是想写作，想写出自己最好的作品，或者说，他只是想努力地表达，告诉他自己对这个世界的印象与感受，而他似乎也只剩下这种表达和写作是他能够竭其所能地为这个人间做点什么的唯一形式了。

标志这一转折开始的最重要的一篇小说我以为是 1984 年的《山顶上的传说》。他在其中写了一个清扫大街的年轻残疾人，所爱的姑娘去了南方，所养的鸽子也飞走了，他写的小说也老是遭到退稿。小说中还有一个同样残疾的扫街老人，他们经常聊天，而那老人实际是他的另一个自我，是同一个灵魂的两个“自我”之间的对话。这种深刻的心灵对话以后将成为铁生作品的一个鲜明特征。

年轻人知道“幸福绝不在一个荒岛上”。人还是要生活在社会之中，再坚强的人，也还是要在某种程度上顾及来自他人评价的影响。但残疾人就因为残疾似乎天生就“低人一等”，不仅往往处在工作和生活的下层，还要接受别人鄙夷的目光，于是对“尊严”也会变得格外敏感。这时如果精神始终朝向愤怒的方向，可能就有无穷无尽的怨恨。所以老头不听他的诉说，而是问他：“可你能把什么事恨好了呢？”他还想争辩，老头不容他争辩，说：“没用。你就信我说的吧，什么好东西都不是恨好了的，什么坏事都是越恨越坏了的。”他告诉这个年轻人：“那些人本来也都是好人，人本来都愿意是个好人。”老头要他把自己也摆进去，说：“有时候，你看着别人过得好，你心里也恨。”“有时候，你恨不能所有的人都跟你一样，也残废。可要是别人也都残废了，你就又该同情他们了，你又该盼着他们能治好了。”他于是想老头说的也许对：“世界本来就是让刀和枪闹乱了的，就是让愚昧闹得疯狂，又让疯狂闹得愚昧了的。”

但这并不意味着人要为了别人或者迁就他人而活着，并不意味着人就要因此压抑自我。“当你仅仅是为了别人的需要才活着的时候，你也许很高尚，你也许能因为高尚而得些安慰，你也许能做到表面的乐观、坚强，但你摆脱不了深埋于心中的痛苦、忧郁、怨愤——死神在蛀你的心。只有当你感到那美好的生活也是属于你的，你和别人是平等的，你心中才会真正升起希望。”自我仍然存在，主体仍然存在。每个人要过的还是主要属于自己的生活。

年轻的残疾人知道，他的人生还要走很远的路。但他已经又不仅是考虑自己了，他还想到整个人类，还想到永恒的问题：人到这个世界上来是干吗呢？“千万年来，人类就这么走着，要走向哪儿呢？……走死了一辈，又出生了一辈，走老了一辈，又有一辈年轻的继续走。到底为了什么呢？发明了这个，创造了那个，又为了什么呢？一切还不都是为了摆脱痛苦，走向幸福么？可是，指南针发明了，眼前的路并没有缩短；人上了月亮了，人类面临的未知世界也没有缩小。”人在知识上是有限的："人要想完全掌握自己的命运，除非把宇宙中的一切事物的规律都认识完。可人的认识能力总是有限的，而宇宙中的事物却无限，有限怎么可能把无限认识完呢？”人在幸福上也是有限的："总还是有那么多你预料不到的灾难来伤害你，总还是有你消灭不了的病痛、歧视、偏见……来折磨你、压迫你。永远不会没有痛苦，永远不会有无忧无虑的日子。”然而，他突然有一天似乎有了新发现，他意识到：所有的“徒劳”也许都是功劳！譬如说，你哪怕走了一条绝路，你的功劳就是证明了这是一条绝路。

在这篇小说中，人物的独自沉思和对话占了很大的比重，故事和细节不是那么重要，也出现了象征和传奇的因素，比如被苦苦寻觅的那只叫“点子”的鸽子，比如最后去往一座山顶的年轻残疾人，最后的结局也是不确定的，有不同的浪漫的说法。

作者 1986 年的《我之舞》也是写得很传奇，甚至很怪异的一篇小说。一个园子，一对在园子里死去很多天才被发现的老人，两人的对话后来还是能经常被听到。四个残疾人一直在等着什么：其中“我”和世启是瘸子，老孟则不单腿坏，两只眼睛还瞎，还有一个叫“路”的是傻子。他们四个老是坐在园子门口等世启不知为何离家的老婆带着儿子回来。而“我”还老想“死”是什么。小时候大人告诉说死了就是“什么什么都没有了”。可“我”总也想象不出“什么什么都没有了”是什么样。是不是除了一个人们所“知道”的世界就没有别的世界了？但如果这个“知道者”走了呢，没有了呢？还有没有一个人们所不知道的世界呢？后来似乎听见一个死者说：

“死，不过是一个辉煌的结束，同时是一个灿烂的开始。”日后的《务虚笔记》也将继续从来自艾略特的这一思想开始。

1987 年的《原罪 · 宿命》也写到了两个残疾人。其中“原罪”一章的主人公是“十叔”，他只能躺在床上看着小窗，那就是他看世界的唯一镜子。于是对他来说无所谓昼夜，反正是永远躺着，什么时候睡着了便是夜，醒了就在镜子里看他的世界，窗子就几乎不关，因为他躺在床上不能太久地不看到什么、不听到什么。这是很少人能够领悟的生活，但这也是生活。这也是很少人能够忍受的生活，但这也是生活。一个只能这样生活的人就只能固定地，也是静静地看和想，看窗外的一角，展开他的幻想。他无法拓展生命的广度，如果有能力的话，他只能拓展生命的深度。而“宿命”一章的主人公则是一个正准备出国留学的“天之骄子”突然遇到车祸之后的两重天：一切理想前程于是都被打破，挤上门的众多说亲的人一下变得无影无踪。这个年轻人将一辈子“被种在”病床上，他追溯这一飞来横祸的长链条，思考那一切似乎是“原因”似乎又不是“原因”的事件，一切似乎都是非常非常偶然的，在每一个环节只要相差一秒甚至半秒，灾难也就不会发生。然而，这就是命运，若合符节的命运、死死掐定的命运。而追溯那天启动那一过程的最初环节，只不过是“一只狗望着一进学校大门正中的那条大标语放了个屁”。这样，命运似乎就是一个“狗屁”。但它却能结结实实地压住他一生。可“为什么为什么为什么？为什么要有这一声闷响？”

1987 年的《礼拜日》也是一篇很怪异的、艺术质量甚高的小说，尤其是显示出对话写作的很高技巧。小说中一个男人和一个女人陪着他们各自的男友天奇和女友晓堃去办理结婚手续，而十四年之后，他（她）们又陪着这对夫妇去办理离婚手续。然后反而是这两个无名的主角——他和她——聊起来了。我们可以看出这“聊”受到了

20世纪存在主义的影响，尤其是那种对人与人之间“绝对的诚实”，不管什么“糟糕的念头”“丑恶的想法”什么都能说出来的想望，或至少在一生能够有一个相互之间什么都能说的伴侣的想望。否则，在这个“处处得小心”的世界，“所有的人差不多都像囚犯”，“又都像看守”，“不过看守更是囚犯，看守更得随时小心着，更没有自由。”

小说中还出现了日后老是被寻觅的“太平桥”的意象，出现了经常插入其间的描写老狼、鹿群和鹰的意象。其中也有一个老人，他说：“一个人最终懂得原谅别人才行。”“你得学会宽容。你自己也不见得全好。”而像大海一样的宽容可能是来自对更宽广无垠的天空的仰望，是因为有对永恒的观照。人不能够自诩能理解一切，不能够自傲地以为人类哪一天将从必然王国进入永远的自由王国。“自由是写在不自由之中的一颗心，彻底的理解是写在不可能彻底理解之上的一种智慧。”这里要注意：“自由”是在“不自由”之“中”的，而“彻底的理解”却是在“不可能彻底理解”之“上”的。“也许我们也是被什么更高的智慧送到地球上来的，为了一件我们不可能理解的事。”“很可能我们也是一种标志。上帝把他的动机藏起来了。”所以需要寻找，需要努力寻找。也许永远都找不出最终的谜底，但还是要寻找。这就是人，就是人的命运，就是人有别于其他动物的最根本之处，也是最卓越之处。

由意识到人间的残缺性而凝思永恒

铁生的作品中经常出现“残疾人”的形象。这不奇怪。他就是“他们”中的一个。“残疾”也在他“最狂妄的年龄”降临了他，是他“得天独薄”的身体劣势，但既然命定如此，它或也可被努力转换成“得天独厚”的思想和写作优势。当然，这在“残疾人”中也是很难做到的，但铁生做到了。那是一种我们所谓“正常人”不易把握和体会，但却应当努力去把握和体会的观察角度，从那个角度所看到的某些东西，倒是可能更接近人生的真相，尤其接近不那么正常的时代的人生真相。这也是对人的有限性，人的差异性，人在社会、精神、个人处境和自身状况上的某种残缺性、不完美性的观照。于是，我们在铁生的作品中多见有“残疾人”。像 1983 年《夏天的玫瑰》涉及一对怀孕的年轻夫妇要不要一个被诊断为有先天残疾的胎儿。《在一个冬天的晚上》写一对善良的残疾人夫妇想收养一个孩子未成，还关心着路上似乎没盖好的下水道井盖。《足球》写两个残疾人想去看法国足球队的比赛，但是担心上不了台阶，他们也只有一张票。《来到人间》写一对年轻夫妇所生的孩子也有天生残疾，他们甚至高兴孩子有点脾气，以便能“硬气”地面对必然不那么平坦的一生。《命若琴弦》则写了说书的一老一小两个瞎子，老的希望他在演奏中弹断第一千根琴弦的时候，能将其作为药引子去抓那副传说能治好小瞎子眼睛的药方。

这些小说都写得越来越耐琢磨了。因为残疾，因为身体和行动的受限，作者的有一些感觉却愈加锐敏了。虽然这种锐敏可能带来新的痛苦和焦虑，但也可能有新的希望和欢欣。至少，对这个世界，作者感受到了常人常常感受不到的许多东西，又如 1988 年的“小说三篇”的第一篇《对话练习》，同样是一篇有很高技巧和很深思想的小说。作者有一种特别的写对话的技巧，尤其是那个女孩的对话；那是心灵落到最深处的对话，而作者也一定是在自己心里这样对话不知多少次了。

小说中女的在天黑下来之后不想打开灯，低声对男的说话，慢慢地，像是自语：“我们谁也看不见谁了。可我感觉得到你是坐在我身边。你闻没闻到这周围的气味？你看不见可你闻得到，你数不清这都是什么气味聚合成的气味。你一旦闻不到它了，你简直都不能回忆起它来。这气味除非你自己也闻到了，否则别人就没法告诉你，你也没法告诉别人。”她继续说着，渐渐地如同梦呓：“如果要形容它，我最先想到的是动物饼干的气味，然后是月亮下一只小板凳的气味，是夏天雨后长满青苔的墙根下的气味。还有一棵大树，一棵非常大的树的气味。以后，它会是天慢慢黑下去的气味，以后一到天黑我肯定就要闻到这气味。”她接着说：“你再听听到处有多安静，天黑下去的时候就是这声音。光亮从那片空地那片树林上退去的时候，就是这么安静，就是这样的声音。光亮退到树林后面去的时候，迟到山的后面再退到海上去的时候，总是带着这样的声音。你说不清这里面有多少种声音。这里面有所有一切的声音。你很少能听到世界上的所有声音，因为你总不喜欢这样一直待到天黑，你总是要把灯打开看看明白。”这是黑暗中的世界，而不是人为光亮中的世界，但它也是真实的世界，而如果我们习惯于光亮，总是要打开灯，我们就看不到这个世界，就感觉不到这个世界。人在光亮中有时反而会像个“瞎子”。

小说中，这个男的和这个女的在讨论男人要做的事：那男的作为评委明天必须从过了初试的四个考生中刷掉两个。他觉得很难取舍，害怕自己有错觉，他甚至想逃避选择的责任，因为这选择将可能决定这四人完全不同的前程乃至一生。而在此，一种完全的偶然性又一次出现，如此重大的决定一个人一生命运的事情，却可能要由很不熟悉他们全部情况的别人短时间里来决定，甚至有可能会被武断地或者是漫不经心地决定。这几个评委一时好像成了“上帝”，但实际并不是上帝。他们同样是有很多局限性的个人。而他们自己在某些方面又要被别人决定。人们就这样互相紧紧地缠绕着，常常陷入一种困境（在《树林里的上帝》一篇中也写到了一个关怀树林里的昆虫、俨然是“上帝”，却遇到难解困境的“疯女人”）。

的确，我们需要通过社会制度的改善来尽量减少这种自己的命运老被别人决定的状况，尤其是要避免千百万人的命运由一个人来决定的极端状况。人们也许不应当，也不需要那样紧紧地互相缠着。但是，再好的社会制度也不可能完全脱离他人而让一个人完全自主，不可能完全摆脱偶然性，不可能完全摆脱人们的痛苦和不幸（比如男女爱情的痛苦和不幸）。而试图建立一种完美的社会制度或者试图将人类改造成为“完善的新人”，可能倒要适得其反，反而得到最糟糕的制度和人。当然，另一方面，我们又肯定还是有较好的制度和较坏的制度。但争取较好的制度可能恰恰需要抱一种适度的期望，恰恰需要拒斥一种“社会完美主义”。而我们看到铁生凡在写到社会时，几乎是一直怀疑乃至反对社会的完美主义，更反对“人间天堂”的许诺，这也是20世纪的最沉重教训。在铁生的小说和散文中，他多次写到了一座宏伟的大楼，那是在教堂的遗址上盖起来的。当它动工的时候，人们热情无比地谈到它，全心全意地向往它，那真是“一座神奇而美妙的大楼”，人们盼望着很快住进这座里面什么都有，可以成天吃肉的大楼，然而，大楼还没盖完，连饭也吃不上的日子就到来了。后来盖好的大楼也成了充斥着煤炉和尿布、互相抢夺生存空间的场所。

1986年的《毒药》则可以说是中国罕见的一篇反面乌托邦小说。这个反面的乌托邦——一个岛屿上的社会，自然环境很好，似乎并没有那么可怕，没有多少暴力。但是后来价值的追求却是极度一元化的，即都想弄出各种各样新奇古怪的鱼来扬名夺冠。人们为此进行各种各样的试验，以各种方式刺激鱼、改造鱼，看能不能出现什么异变，包括在鱼缸或鱼池里兑点化学制剂，加点硫酸和升汞，还得昼夜监视着那些鱼。一旦发现有变了模样的鱼，赶紧就捞出来放到清水里去，捞晚了要死，捞早了又要变回到原样去，所以一刻也不能大意。这所有的追求也都可以说是追求差别，追求层出不穷的新颖差别。而其中一个人逃离了岛屿，到彼岸待了好些年，明白哪儿都有差别，哪儿也不是天堂。最后他回到岛上，带走了唯一剩下的两个孩子，因为岛上的人忙得都不能生养了。他们坐船离开，回看那岛，已无踪影，唯余一片茫茫大水。

在后来 1991 年的《中篇 1 或短篇 4》中，作者的写法似乎越来越“虚”了，人物和情节都处在朦朦胧胧之中，好像是真实的，似乎又是虚幻的。里面出现了一些隐喻、象征，出现了不知是来自哪里、是什么人的死者，出现了被堵在湖边小店的旅客，里面有两个似乎是好久没有见面而终于相逢或点破的恋人，也出现了“太平桥”和“叛徒”。其中甚至时空也不明朗或者不时穿越。其中似乎总有人在苦苦地寻找着什么。最后则是作者引自霍夫施塔特和丹尼特所著《心我论》中的一篇寓言。善心的神灵想将一个盒子王国中的人们安排得生活美满，那里本来是一个暴君在统治。神灵试图改建为诸如自由、平等、民主、解放等新的程序，但又要让盒子里的百姓觉醒，感觉是他们自己起来推翻了那个暴虐王朝。而且神灵希望让每一个人都不再受苦，故而发现输入可以让人人成佛的佛法可能是一个好办法。神灵自然能够做到这一切。然而，当神灵后来又经过时，却发现那只小盒子里静悄悄的一点声音都没有。随着一切矛盾都在化解，一切差别都趋于消失，一切数值也就都趋近零，盒子里的所有生灵都变得没有任何欲望和动静，马上就要毁灭了。最后，作者感叹到，也许唯有包含差别的自然才是真正的完美。

正是因为泯灭不了人与人之间的差别，故而要完全消灭差别一定会涉及使用不道德的手段——例如使用强制、欺骗或者其他削弱乃至消解主体性的手段，即便真的可能不必采取这样的手段而达到了最后泯灭差别的目的，那这一目的状态也是不可取的，它实际等于寂灭。铁生也许想说的就是，某种人间的残缺性就是人的根本处境或状态。和绝大多数人有所不同的是：他身体的残缺和病痛也时时提醒着人的生命的不完美性。当然，有些人也意识到这一点，并为此放浪余生和余骸，但在有的人那里，却转向凝思永恒。这种渴望永恒正是由否定时代和社会的乌托邦、完美主义开始的——既然对社会的完美失望了，认识到人间必然具有的某种参差不齐、残缺不全的性质，于是就努力向自我内心开拓，就努力向尽可能远的彼岸遥望。

首先是人类的历史。把这历史拉长到几乎接近无限，这历史是不是一种永恒的重演和循环？在 1988 年的《一种谜语的几种简单的猜法》中，作者写道："我恍惚觉得世界不过是在重复。世界千万年来只是在重复，在人的面前和心里重演。譬如，人活着到底是为什么？人应该怎么活，人怎么活才好？这便是千万年来一直在重复的问题。""万事万物，你若预测它的未来你就会说它有无数种可能，可你若回过头去看它的以往你就会知道其实只有一条命定之路。世界重演如旭日与夕阳一般。"然而，他在一件似乎过去也重演过的事件中，看到了和以前稍稍变化的细节。他很高兴，觉得世界并没有重演，世界也不会完全重演，即便有时就是一些重演过程中小小的变化。我们或许只能重视这微小的变化，而且努力使这变化朝向善的方向。

总之，到了 80 年代与 90 年代之交，铁生的思索已经从此岸伸展到彼岸，从单纯的事实伸展到似乎虚幻，但更富有意味的根本真实。那无限的延长看起来是一条通向永恒的虚线，但它又实际地存在于人们的心里，是人们心灵的投射。他的写作风格也越来越虚幻，他不再那么重视“情节”和“细节”，但无比地重视精神和思想。他越来越多地意识到作者在某种意义上也是一个“上帝”，但只是一个暂时的“拼盘”的“上帝”，更高的目的可能还是不能理解的，但可以凝思和仰望。到了这个时候，他最宏大的创制，也是他最好的小说——《务虚笔记》，可以说已经呼之欲出。

命运与爱情

——重读《务虚笔记》

《务虚笔记》于 1995 年 5 月完成初稿，首发于《收获》1997 年 1、2 期，后有单行本并多次重印。它没有连贯和完整的故事情节，更像是一种人生的印象笔记而非一般的故事小说，其中充满了许多哲学的思考。哲学思考并非一般中国作家所长，但却是本书作者所长。然而，《务虚笔记》又的确还是文学而非哲学作品，它留下了一些生动的象征；展示了一些其他人或可将自己代入其中的人物，但这些人同时又都是独特的“这一个”，她（他）们的命运让人担心和揪心；它还留下了一些极其美好而又深深忧伤的情绪，其中同时地，也是最深地触及肉体和心灵的是一种爱情。它也许是读者最不容易进入的一本小说，但或许也是一本最耐读的小说。

一、缘起

作者在《务虚笔记》的首章“写作之夜”中谈到了他写作这本书的缘起。那是在一个秋天的夜晚，在那座我们已经在他的其他作品中熟悉的著名古园中，一个独坐于幽静的路边读书的男人偶尔遇到了一个男孩和一个女孩。那两个孩子在议论一棵和其他树不一样的、看来是死了的老柏树，他们不知道它是怎么死的，于是问这个男人，他们或许还想知道死是怎么一回事，活，怎么就变成了死。

男人和两个孩子之间只是说了不多的几句话，以后也大概永远没有机会再见面了，那两个孩子也大概不会再记得这件事，不会再有印象。但读书的这个男人却将永远记得这件事。岂止记得？这还是他永生难忘的深刻印象。也就是说，同样的一场相遇或偶然事件，给双方或各方的“印象”可能是很不同的，甚至是有和没有的。这是真实的相遇，但似乎又是虚幻的，必由心灵甚至阅历的介入才能持续地“真实”，乃至永葆“真实”，以及由此触及一种更深刻和根本的存在。而这样的“相遇”机会很少，我们大量的“相遇”将很快“失散”，永远“失散”，互相再也不能找到。生命极其有限，我们也无法去抓住这所有的“相遇”，甚至无法判断哪些“相遇”是真正重要的。而作者的这次“相遇”无疑是重要的。

男人在和两个孩子的相遇前后，正在读一本书，他还和一本书中所隐藏的心灵有了一种“相遇”。也许正是这样两种相遇的契合构成了一种写作的机缘。本来是孤独，之后也照旧孤独的男人手上拿着的书是一个时空都相距遥远的叫艾略特的老人写下的书，其中有这样的字句：“一个老人衣袖上的灰／是焚烧的玫瑰留下的全部灰烬。”还有：“我们叫作开始的往往就是结束／而宣告结束也就是着手开始。”男人想，在一个故事结束的地方，必有其他的故事开始，比如在他的故事结束之后，那两个孩子的故事，还有许多孩子的故事也已经或正在开始。但无论如何，必有一天他们的故事也要结束，那时候他们或许也会看见孩子，并感受结束和开始的神秘。艾略特写道：“／不论走哪条路，从哪里出发，／那都是一样／……　／你必然要随着节拍向那儿跳去。”“那儿”是什么呢？是谁想出这种折磨的呢？老人说：是爱。于是，读着他的诗，本来是孤独的男人想到了书的意义：“在一年四季，暮鼓晨钟昼夜轮回，它随时可能被翻开被合起，作为结束和开始，成为诸多无法预见的生命早已被预见的迷茫。”那“随时可能被翻开被合起”的书就成为一种生命的痕迹与见证，那么，有一种深刻的见证能力的人也许就应该留下这样一种痕迹。

但这又不仅是触动写作这本书的缘起，也是深深地反省生命的缘起，且不只是缘起，还有归宿。苏格拉底说：“未经反省的人生不值得过。”这至少对一些有精神渴求和哲学素养的人是如此。在铁生早期作品最后所达到的从永恒观点测度的生命，在本书中又变成了新的起点。在本书的一开始就出现了一系列这样的主题：相遇与失散，开始与终结，生与死，真实与虚幻，印象与主体，偶然与必然，起点的似乎无限可能性与终点回望的早已命定。作者安静地坐在那夜色中，坐在那从日间的喧闹中消退的冷清中，多么平静，又多么忧伤。而最大的忧伤是对时间的忧伤、生命的忧伤。他在遇到的孩子们的身上看到了自己的过去与开始，而他在他们所谈论的和自己所读的书中看到了自己的未来与终结。但那也是所有人的过去、现在与未来，也同时都是开始与终结。

那是忧伤，但也是平静的忧伤，忧伤是来自时间、生死、绝望，平静却是来自接受、认命、凝望。周围被大片的黑暗笼罩，但他们所在的地方又被路灯打出了明亮的一块。所有的人都要死去，但如果不死又会怎样呢？他还会珍惜他的生命吗？还会珍惜他生命中的一切吗？他还会努力吗？一切都有一种唯一性，不仅不同的人，甚至一个人的每时每刻都有一种唯一性。但也正是这种唯一性给了我们珍视的理由：如果那些牺牲者的生命是不死的、总是打不死的、总是能复活的生命，那我们怎么还会感动那“牺牲者”的行为，甚至那“牺牲”还能够叫“牺牲”？如果爱情不是唯一的，如果还可以一代一代地、不断换人地爱下去，那么是否还有铭心刻骨的爱情？

甚至，如果一个人能够永葆青春美丽，我们是否还会珍惜甚至欣赏这青春美丽？还有那让人感到忧伤的美丽呢？是不是正是因为预感到日后的忧伤，我们才无比地赞美和欣赏那日后必将消退、甚至可能一瞬即逝的美丽？

这本书的写作大概从90年代初就开始了。那是一个文化知识界冷清的时刻，在惊惧之后，有一种长久的哀伤和痛定思痛的感觉，也有知识界一些人职业的换行或精神的改弦更张。对于时代和社会来说，那是一个结束，也是一个开始。对于作者自己来说，同样也是。

二、人物

《务虚笔记》中人物的姓名都是有些虚拟的，作者基本都采用了字母（大部分是一个字母，少量是两个字母），这似乎是有意给人以一种距离感，甚至一种陌生感，但同时又可以说是一种不确定感，甚至一种亲近感。它似乎是作者的一种居于高处的俯瞰，又可以说是一种谦虚的邀请。因为它给了读者更多的选择，甚至可以是一种设身处地的进入和继续想象。的确，小说的写作者、叙述者、回忆者、假设者，甚至创造者，在书中似乎是至高无上的上帝，他从一开始就介入其中，组合事件和人物，告诉人们这是他在写作，他写的是他的印象，并不一定是完全的真实，或者说不知道是不是完全的真实。他向读者提醒着小说的虚构性，也向自己提醒着写作的无限可能性。他经常说到，这个人可能是O，也可能是N，还可能是T；这件事可能是发生在这个地方，但也可能发生在那个地方。在他那里，事情发生在这里或那里、这时或那时并不重要，甚至事情本身都不那么重要，同样的事情，可以发生在这个人身上，也可以发生在那个人身上。作者的确也不像是讲故事的天才，但却是认识人们心灵的天才。在他那里，最重要的是人，是既独特又普遍的人的命运和人的爱情。

在这些人物中，第一主人公或至少男主人公是画家 Z，他也是牵涉其他人物最多者或处在事件中心者，这些人包括他童年时与他一起在南方苦苦等待父亲的母亲；他的曾任国民党高官乃至元老，后来回乡的爷爷；他的参加了共产党，也成了高干，但恋人是“叛徒”的叔叔；他的继父，以及异父异母的姐姐 M，同母异父的弟弟 HJ；而他的妻子 O 则可以说是女主人公。

画家 Z 也是贯穿全书的人物。在开始部分的“死亡序幕”，就是曾经强烈地爱上他、崇拜他，甚至至死也爱他的妻子 O 自杀了，而一位早已将自己的爱情埋葬了的医生 F 来协助处理这一事件。然后是倒叙，回忆“童年之门”：画家 Z 跟着没有等到自己丈夫归来的母亲从南方到了北方，他曾在 9 岁的时候去一幢美丽的大楼寻找一个美丽的小女孩，但却遭到女孩家人的冷遇，这成为他一生的最大隐痛，也是他一定要凭借自己的艺术创造力洗雪屈辱乃至征服世界的最大动力，而他也是在那里第一次获得他最初的也是最持久的灵感，获得他苦苦追求、试图实现的美的梦想——毕其一生，他希望尽善尽美地努力画出那白色大鸟的灵动的羽毛。在小说的中间，写到他遇到了“文化大革命”，而也许是已经提前来到的个人际遇所致，他是那个时代罕有的清醒者和冷漠者。他知道自己“暧昧”的出身注定要使自己处在时代的边缘。他的母亲因生活所迫，不得不再嫁给一个出身好的，但却是酒鬼的工人。Z 那时很容易陷入“小街”的平庸，但却努力地要挣脱平庸。他后来到了一个工厂，并争取到了有一些画画时间的保管员位置和一个可以充作自己“画室”的房间。他专心致志地作画，后来遇到了 O 并结婚。他和她有过热恋和深刻的交谈，但在婚后几年，妻子却自杀，留下了诸多的疑问。最后，在小说的终结，他“不知所终”。

而第一女主人公看来是历史教师 O，如果说 Z 象征着某种雄心勃勃，但却跌宕起伏的命运，她则是某种热烈投身的爱的象征。她先是在少女时代与 WR 朦胧地相爱，后来 WR 等于被发配边疆乃至入狱，流放多年归来之后 WR 已经决意从政，斩断了和她恢复关系的可能。她之后匆忙嫁人，似乎也过了一段平静的生活，而在遇到画家 Z 之后，她几乎是立即地强烈地爱上了他。她迅即离婚，和 Z 结婚。她似乎就是爱情的化身，无论是少年时期那种情窦初开的爱，还是成熟时期那种铭心刻骨的爱。她不能容忍没有爱情的生活。为了爱情，她可以不顾一切，可以完全献身。她希望对自己的爱人完全诚实。她热烈地追求美，也会陷入历史的，甚至形而上学的沉思，但爱情还是处在她生命的第一位。或者说爱和美在她那里是结为一体的，作为目标是结为一体的，作为她自身也是结为一体的。

另一对恋人则是医生 F 与女导演 N。他和她在年轻的时候相爱，但在 N 的父亲被打成右派，自己两位高干，但也是高年高危的父母可能因此受不了而出事的情况下，他选择了断绝关系，然而在断交之后的那天他“一夜白了少年头”。N 似乎比他更敢作敢当。他的确也痛恨自己的软弱，但又似乎不得不陷入这种软弱。自此，他似乎完全埋葬了自己的爱情，绝口不再提起此事，并且也结了婚，似乎也过上了平静的生活，直到中年之后的某一天他突然又因为看到了早年恋人的消息而决定去寻找她，但这一寻找他并不想让她知道。他认识诗人 L，也处理 O 的后事，此前也曾在故园见到 O 的沉思。最后他因为突发心脏病死去，那一段他倒下了看着树影和天空、灵魂似乎渐渐飘去的描写，可以和托尔斯泰《战争与和平》中安德烈躺在战场上看着永恒的天空的文字媲美。

第三对恋人是残疾人C和他的恋人X。他在四十岁时与恋人在一个闷热的夏天相会，结合，性爱成功，然而，最终他和他的爱人在众人希望他们都做一个好人、互相都不要伤害的压力下分手了，爱人去了遥远的南方。如果说F和N的分手主要是因为亲人，是和强调“出身论”的时代有关，是要远离“恶”，远离“贱民”，那么，C和X的分手则主要是因为他人，因为众人，和时代没有多少关系，即更有可能在所有时代发生，而且是想在社会的压力下做一个“好人”。而第一对恋人——Z和O的悲剧的原因则更像是形而上学的、精神深处层面的，虽然它的触发和表现形式也和时代有关。

当然，全书中最悲剧、最哀艳、最绝望，但也最决绝、最勇敢和最坚持的一对恋人，那就是Z的叔叔和他的恋人了。他的恋人即那个曾经也因爱他的缘由和契机参加革命，但最终在严刑拷打和残酷凌辱之后成了“叛徒”，于是一生住在几乎是与世隔绝的葵林里的、有一个纤柔的名字的女人。人们都以为这种关系一定要断了，但最后在他和她暮年的时候还是接上了，于是有了一段热烈疯狂而又安安静静的、只是两个人的世界的相会的日子。之后他们又一度分手了，但也可以说是他们已经实现了他们的心愿，甚至他们心满意足，他们可以分别乃至告别这世界了，但最后还是迎来了不再分别的重逢。

还有两个男人也是书中的重要人物。一个是诗人L，他在很小的时候就天然地喜欢女性，尤其漂亮的女性，他真诚地爱她们，为了她们，他甘愿献出一切。但他的爱并不是始终固定在一个对象上的，世界上有那样多美丽的女孩！可能正是因此，他热恋的一个女孩在他们已经准备搬进新居的最后一刻突然止步。但L也并不是花花公子，他是真心地爱她们，甚至他也能为了寻找自己的恋人而走遍世界。但是，他的确又是心软的，或者说是爱美的，他可能无法终生只爱一个。

另一个男人WR是更道地，也更强悍的男人。他学业优异，能力出众，但却因出身问题，虽然参加了高考，取得了很好的成绩，却不能被大学录取。他到处上访抗争的结果是被发配到这世界的“隔壁”。在多年的苦难之后，他终于归来，并决心从政，希望通过政治来改变将人送到“隔壁”的制度。但他却为此甘愿斩断与自己少年时代恋人的关系，与自己不爱，但地位显赫的人物的女儿结婚，因为他需要她。后来他还和N同居。

除了爱情，男人们的确还有自己的事业追求，而且经常是将事业放到第一位。尤其Z与WR两人，可能是最有抱负的两个，他们少年时也都碰到过美丽楼房的女孩，但遭遇不同。后来，一个以政治，一个以艺术来试图努力证明自己。作者关注他们，但更多的关注和怜爱还是给予了女性。他写到了灿烂如花的少女，写到了成熟优雅的少妇，还写到了最后变得容颜衰老，但忍辱负重、艰难前行的母亲们。那些母亲——Z的母亲、N的母亲、O的母亲……这么多母亲，作者甚至没有给她们每人安排具体的名字。“母亲”就代表了所有。“母亲”就代表着依恋和怀念。她们曾经都是多么地美丽、年轻，自身充满对未来生活的憧憬，也吸引着众多爱慕者的念记，她们也多曾经有过自己倾心的爱人，但却因为时代的风暴而失去了，或者改变了。于是她们不得不重新面对生活，在生活的煎熬下可能渐渐变得臃肿、琐碎。但作者最后把她们都“送回”了南方，送回了那温暖、湿润、明丽的南方，送回了那保留着她们美丽的少女记忆的南方。

以上的人物我们还会在后面谈到。而仅在这里，我们还想提及、甚至特别注意的是这样居于两端的两种人：一端是“可怕的孩子”、一个日后可能成为政治“领袖”的人；而另一端则是一些看似无足轻重的人们，比如O的前夫，F的妻子。后者是失爱者，但也可能如T和HJ，有比较实际，但也比较稳定的婚姻：T，曾是诗人L暗恋的对象，但T看来并不欣赏L的追求，最后T嫁给的是实际的、快乐的出国厨师HJ。T的父母亲也是高干，母亲跟着出国，但父亲不愿出国，留居国内。

关于那个“可怕的孩子”，作者写道：“我牢牢地记住一个可怕的孩子。我至今没有弄懂，为什么所有的孩子都怕他，都恭维他，都对他唯命是从。”这个孩子有一种非凡的才能在于：“他准确地感觉到了孩子们之间的强弱差别，因而把他们的位置编排得恰如其分，令人折服。”他总是能够有办法团结多数孩子，孤立和打击那反抗他的一个。他能轻易地找到各个人的弱点而各个击破。他总是处在一种分别人们和与人斗争之中，并为此感到快乐，也正是在这方面，最能显示出他的才能，那种才能甚至可以说是一种天才。他的体力并不强，甚至可以说是有点孱弱，但他比谁都勇猛，也非常坚定，当然更善于分化瓦解他的对手们。的确，作为一个孩子，他还没有什么大的权力，但他已经极会使用他人哪怕不多的一点力量。他有一种高超的组织能力，有着非凡的意志和取胜的决心，为此总能将许多孩子吸引到他周围。的确，早年的WR和他对抗过，那时的WR是保护弱者的，追求美好的，他后来从流放中归来决心从政，也是为了改善制度。但是，如果他允许自己用不恰当的手段先去获取政治权力，焉知他最后会不会变得和“可怕的孩子”一样？甚至“可怕的孩子”最开始也不是那么坏，就像作品中写到的——他在玩起篮球来真正像是一个天真热烈的孩子。

就像O的父母对WR所预言的，他的前程不是“大有作为”就是“大灾大难”，像WR、Z、L、“可怕的孩子”这样的人可能最后还是不会成功，但也注定不会平庸。而现实生活中却可能有许许多多平常的人们，他们在历史上似乎无足轻重，而这一点在爱情上最为突出地表现出来。如果她（他）们爱上了并不和她（他）们相称的人，她（他）们往往失去她（他）们的所爱。她（他）们得不到和这种付出的爱相应的爱，反而受到相当冷淡，甚至冷酷无情的对待。比如O的前夫，当O相信自己爱上了Z以后，虽然感到深深地负疚于他，但再也没有去亲近过他，不久就跟他离了婚。O只能为他祈祷，希望他因祸得福终于找到一个和她不一样的好女人，一个贤妻良母，那样他就会忘记O给他的伤害了。她很同情他，知道他的无辜，但还是无法给他爱，还是无法忍受再和他生活在一起。“O的前夫从此消失，从人们的关注和记忆里，也就是从历史或存在之中消失，不知去向，销声匿迹，乃至化为乌有。”而他的人品并不坏，甚至可能非常善良。但“世界上似乎总有一些人是不重要的。任何历史中，总有一些人被关注，一些人被忽略。不可能所有的人都登场，也不可能给每一个角色以同样多的发言权。”尽管这样，“此时此刻，某些被忽略的心魂，必定也在这艰难的世界上漂泊”。当然，其实也还有另一种可能，甚至是更可能，那就是像T和HJ一样，她（他）们可能都是普通的人，也甘于普通，她（他）们不拒绝平凡的幸福，也就享受到了这种幸福。少女T拒绝了诗人L的求爱，这点她可能做得对，虽然她将其求爱信交上去结果使之公之于众显然不对。T开始也冷淡了HJ每天长跑过来的示爱，但最后她和出国做厨师相当成功的HJ结婚了，过着不错的生活，甚至把母亲也带过去了。HJ则更是安天乐命的，和他同母异父的哥哥Z形成巨大的反差，他知道找什么样的女孩是适合于他的。但他也可能是大智若愚。

作者热爱他的人物，对男人们怀着男人与男人之间的尊重和沉默的爱，对女人怀着柔情和怜惜的爱。男人应当自己站起来，甚至你的帮助也是要帮助他自立。男人失去了爱情还能够活着，甚至不无满足地活着，他还有事业等同样看重的东西；而女人失去了爱情，或者说完全没有爱情，却很难幸福和满足。无论如何，作者看来是更多地，甚至无比地怜爱女性，爱那些恋人远去的少女，爱那些长久等待自己丈夫归来的少妇，爱那些后来被生活压倒的母亲，包括爱那个因“叛徒”之“罪”而永远被打入社会“隔壁”的女人。

而对那些再也进入不了人们视野的人，对那些永远成不了历史主人公的人，他也怀着悲悯的热爱。他没有怨恨和仇恨，也没有居高临下的鄙视，包括对平庸和有恶习的人，比如说对 Z 的继父，更不要说对无比赞赏 Z 的画画的姐姐。但他可能提出了一种警告，告诉我们要警惕像那个“可怕的孩子”那样的人。不能给他们机会，或者说，不仅是不让他们获得绝对权力，而且根本就不允许有绝对权力，这样就不会造成对社会的伤害和灾难，甚至这种人本身也因只能在合理的界限内使用权力而获得善终。

三、象征

我们可以从《务虚笔记》中发现一种文学中的印象主义，甚至一种生命的印象主义，而其文学风格的重视意象或就来自这一生命的印象主义。书中的一句名言是：“我是我的印象的一部分，而我的全部印象才是我。”前一句话意味着只有能够成为我的印象的才是我；能够被我感觉、知道和记忆的才是我。记忆是通过印象的，或者说人最早的记忆一定是印象，而不是文字或其他别的什么东西，我不过是通过印象知道我自己。但这肯定又不是全部的我，肯定还有一些印象丢失了，或者存在于别人那里。这样，我就可能永远是残缺的？部分的？但我还有可能打捞出来一些本以为失去的印象。我是我，但我又非我——因为我印象中的我只是我的一部分，日后还可能又有一些印象重新浮现出来，不过也有一些印象可能又丢失。所以，在某种意义上，一个作家所做的工作就是要打捞印象、捕捉印象、固定印象，乃至于想象印象、创造印象。

当然，印象可能是混杂的，我们并不需要，也没有可能保存所有印象。我们就必须学会分辨和挑选有意味的印象，尤其是文学家更有必要这样。所以，更准确地说，我们在《务虚笔记》中发现的是一种文学中的象征主义。作者把有些自我生命中最深刻的印象，最刻骨铭心的“印象”突出出来，作为最集中的一些“象征”，其间不仅有对过往事实的回想，更有对这些曾经存在过的，但本身又是似真似幻的事实的丰富的、充满感情的想象。有些象征在他的早期作品中就出现了，比如说总在寻找，但总也找不到的“太平桥”，还有像“葵林”也预先出现过。下面我们就来看《务虚笔记》中也是最重要的几个象征。它们极其鲜明甚至张扬，但又具有某种复杂的隐喻性，甚至暧昧性。它们自成一格，但互相之间又构成一种对照，甚至构成一种形象的逻辑主线：从少年的向往和被向往开始，中经时代的群众运动的暴风骤雨，但仍力图保持或恢复某种独立，最后还是归结到爱，或者说回到爱的起点。

美丽楼房

这是小说中几乎所有少男的憧憬和向往——不仅包括主人公 Z，还有 WR，还有 L，还有残疾人 C，甚至“我”，他们几乎都在九到十岁有过这样的憧憬和向往。他们在进入之前有过对它的丰富想象，在进入之后有过不同的遭遇，但无论如何都曾是他们的向往，也是最早的向往。那是对优美的个人的向往，也是对理想的社会的向往。

那是少年最初萌动但却可能持续一生的向往。那是对美的向往。但这种向往也意味着差别：向往者是处在低层仰视那美丽的楼房，他们自己是住在嘈杂、拥挤甚至肮脏的地方。医生 F 似没有这样的向往，那是因为他就住在这样的楼房里，但他可能也有自己另外的“美丽楼房”或“美丽楼房中的美丽女孩”。这种向往的确意味着差别和不平等，如果主体和对象都一样，就不会发生这种向往。而美在某种意义上也就是差异，美一定包含着差异。而这也是对文明的向往，不仅是物质的，也包括精神的，但也必须有优越的物质的条件。它绝对不是脏乱的、拥挤的，公用厨房里挤着煤气罐，走廊里挂满了内裤和尿布的，它一定是干净的、宽大的、从容的、优雅的、落地窗前薄纱飘飘，住在那里面的人也一定是优雅的、含蓄的、秀美的、英俊的，不是趿拉着拖鞋到处转的，不是到处吐痰咳嗽的。那里有隐隐传来的钢琴声，有林立的书架和“一万本书”，有轻歌曼舞的女孩，有坐在台阶上静静看书或沉思的女孩，就有点像契诃夫《带阁楼的房子》里坐在台阶上想事情的米修斯。

是的，在那幢美丽的楼房里，首先是有一个美丽的女孩，必须有一个美丽的女孩。那吸引以至邀请男孩进入的都是一个美丽的女孩。而书中几乎所有的女主角——O、N，甚至 T，都曾是其中的美丽女孩。还有不知名的美丽女孩。女孩也应该天生就住在那里，住在美丽的楼房里。美丽的女孩和美丽的楼房融为一体，构成一个少年最初的美好印象，这一印象就永远地刻在他的心里了，成为最宝贵的记忆，成为他一生动力的源泉，甚至构成他真正的创造性的生命的开始，艺术生命的开始，因为理想的种子就在那时埋下了。

比如画家 Z，还不是画家的 Z 的艺术生命应该就开始于他九岁时的一天下午，开始于对一座美丽的楼房的神往，和走入其中时的惊讶：“美丽楼房中有一间间宽绰得甚至有些空旷的屋子，午后的太阳透过落地窗一方一方平整地斜铺在地板上。”还有“我”也是如此，在东拐西弯绕来绕去，仍是绵延不断的窄巷和老房之后，突然赫然入目“一座桔黄色的楼房，灿烂如同一缕晚晴的夕阳。一座美丽而出乎意料的房子，那儿甬道出没曲回，厅室琳琅迷布，空间傲慢而奇异地分割。处处都是那么幽雅、凝重，静谧中透着高贵的神秘，使人不由得放慢脚步屏住呼吸。我从未见过那么多的门，总能听见隐约的钢琴曲……”而九岁的 C 也是在跋涉中“忽然就看见了那座桔黄色的楼房，在密密的灰色房群中灿烂又安稳，冬天的阳光仿佛在那儿尤为温暖明媚”。他“小心翼翼走进那座美丽的房子。逆光的窗棂呈浅灰色，每一块玻璃上都是耀眼而柔和的水雾和冰凌的光芒”。

虽然此时就可能埋下了一生铭记的印象和向往，但他们的遭遇或命运是不同的。或是一开始就遇到挫折，遇到女孩家人的冷淡拒斥，例如 Z；或许开始遇到厚待，但最后也还是遇到命运的打击，例如 WR；乃至美丽楼房里的女孩也被驱离，例如 N。而且，“美丽楼房”也还是有一种“暧昧性”，即它可能和一种当时被视为“小资情调”的美的向往联系在一起，它也可能和“无产阶级”的共产理想联系在一起。“我”还有其他一些孩子，也曾看着一幢大楼建立起来，当时看来非常壮观和美丽，他们都曾怀着憧憬想象它的内部。“但在几十年前，那还是一种平民家的孩子所无从想象的内部。”他曾在《九层大楼》中描述过那座当时正在建设中的壮观大楼。而在数十年之后，人们又目睹了这些大楼的衰败(参见 2011 年 8 月 31 日《中国青年报》的报道)。

葵林

葵林是又一个鲜明的象征。它在作者之前的小说《钟声》中已经出现过：“你也不记得那儿有很多向日葵吗？”“不记得，但这事我听人家说过。”“怎么说？”“据说有天夜里，在一场大暴雨中那教堂倒塌了，之后在它周围就莫名其妙地长出了许多许多向日葵，长得满园子里都是，长得茂盛无比密不透风。”

在《务虚笔记》中，刚解放不久，回到乡里的爷爷有天早晨要带孙子Z去看看向日葵，说你以前见过的那几棵根本不算。于是他们去了山冈，大片的香味突然刮风似的扑来，一团团，一阵阵，终于分不出界线也分不出方向，把人吸引进去，把人吞没在里面。紧跟着，Z“看见了漫山遍野金黄耀眼的葵花。几千几万，几十万几百万灿烂的花朵顺着地势铺流漫溢，顺着山势起伏摇荡，四面八方都连接起碧透的天空”，“那海一样山一样如浪如风无边无际的黄花，开得朴素、明朗，安逸却又疯狂”。这景象给了Z一种巨大的震撼。

在这一点上，我们或许可以说，葵林象征着一个时代，一个轰轰烈烈的时代，一个波澜壮阔的时代。大片的灿烂和金黄，表现出无比地炽热和壮观，它的壮观首先是因为它的宏大场面——如果是单独一两棵甚至几十、数百棵葵花，断断不会有这样的景象，而如果成千上万的葵花构成原野唯一的景象，它们又一致向着太阳，那却是震撼人心的。象征着热情的群众的葵林意味着众多的相似，它们容易激动地潮起潮落，它们倾向于仰望一个单独的、高高在上的太阳，脱离了一个太阳下的群体就不会再有这样一种景色。

但是，象征着大众的葵林又还是可能构成一种对一些偏僻角落的保护。它属于北方，那常常是严峻的北方，但却也不无北方特有的朴素和温情，或者说那里面也有“南方”。在葵林中，也有许许多多的爱情故事乃至爱情悲剧发生。诗人L曾经在葵林中游荡着寻找着他的恋人，听养蜂老人讲葵林中的动人故事；政治家WR也曾和N到葵林附近的小镇悄悄相会。当然，小说中的“葵林故事”更多的是专属于那个“有着纤柔的名字”的女子的，特许于叔叔的那个恋人的。她正是在波浪般的葵林被吸引参加革命的，也是在葵林中的一个虫鸣被打断的夜晚被捕的，而在她蒙上永远洗不清的不洁之罪之后，也是躲避到葵林中的黄土小屋中来才能苟延残喘地活下去。是葵林保护了她，收留了她，她大概也只有躲到葵林中才能稍稍安静地活着。她在葵叶上写字，最后，她也还是在葵林中等到了早年恋人的到来和相会。

白色鸟

“白色鸟”在许多方面则和“葵林”形成了一种对照。它不是如葵林那样在地上群聚的、热烈的、悸动的；相反，它是单独地在高远的天空翱翔的，冷冷地，缓缓地。诗人 L 在初夏的天空里见过那只白色的鸟，飞得很高，飞得很慢，翅膀扇动得潇洒且富节奏，在广袤无垠的蓝天里仿佛并不移动。WR 和 O 也曾在惊讶里，一同仰望过那只鸟，它仿佛一直在那儿飞着，飞过时间，很高，很慢，白得耀眼，白得灿烂辉煌，一下一下悠然地扇动翅膀……

白色鸟看来是象征着与崇拜领袖的群众相对的个人，象征着孤独、自己、事业、艺术、爱情，它是飞翔，是试图远离地面。它出现的时候都比较特别。比如说，那是在少女 O 与 WR 初恋的时刻，他们看见了那鸟；又比如当女教师 O 陷入对画家 Z 的强烈的爱情的时刻，她跪在荒草丛中，那绿色是这样地飘缭摇荡，那天空是这样地浩瀚无涯，但没有一点儿声音，天上都是灿烂的云彩，这时一只白色的鸟儿舒展地飞入画面，翅膀一张一收，一张一收，但没有一点儿声音，从天的这边飞向天的那边。那是爱的时刻。还有孕育爱的时刻。那是当少年诗人 L 开始有了对女性的欲望，初次成为男人的时候，他羞愧难当，母亲其实知道了是为什么，那时，初夏的天空中有一只白色的鸟在飞，飞得很高，也飞得很慢，但是很有力。

那也是孕育美和事业的时刻。少年Z曾在第一次看到葵林时震惊，他张着嘴直着眼睛一声不响连大气儿都不敢出，但说不清那是由于激动还是出于恐惧。而他真正被美吸引的时刻是他在美丽楼房中看到一根插在瓶中的白色鸟的羽毛的时候。那可能是一只被猎人打伤的大鸟掉落的羽毛，那自由的鸟曾经纯洁地飞着，想要飞向南方，飞向温暖，但是随着一声枪响，那洁白的羽毛便失去了温度，飘落进阴晦和寒冷，但是它不屈服，丝丝缕缕都在奋力挣扎……于是，日后多年里，Z一遍又一遍，痴迷地试图画出那根白色的大鸟的灵动的羽毛，他尝试给那洁白的羽毛以各种姿态及各色背景，他尝试从一根羽毛中还原出那只大鸟，乃至它飞翔的天空和看到的景色。作者说他常窃想，Z为什么不去画那些辉煌狂放的葵花，而总是要画白色大鸟那根孤寂飘蓬的羽毛呢？的确，他永远不画那热烈壮观的葵林，甚至将这种颜色从他的画板上完全驱逐出去，但他却执着地要画出白色大鸟的羽毛，画出他最初在美丽楼房里看到的印象：一根大鸟的羽毛，轻盈、灵动、素雅、蓬勃，仪态潇洒。单独的一只劲飞的白色大鸟就是高傲的、美丽的；而葵花只有极大规模、漫山遍野才显出它的壮观的美丽来。大鸟及其羽毛的基本色调是和年代的赤热火红相对的白色，那也是和领袖运动起来的群众的金光灿烂相对的白色。白色鸟是单独的，飞翔的，清高的。它虽然飞得很高很高，也没有什么声音，但还是有可能在天空中被突然击中而坠落。

南方

最后我们要说到“南方”了，作者对“南方”倾注了最多的情感和想象。他抒写“南方”的文字也极其优美。“南方”是起点，又是终点。“南方”还经常和前面的象征融为一片。

“南方”是什么？作者写道：“南方不是一种空间，甚至不是时间。南方，是一种情感。是一个女人，是所有离去、归来和等待着的女人。她们知道北方的翘望和团聚的路途有多么遥远。与生俱来的图景但是远隔千山万水，一旦团聚，便是南方了。”

“南方”是情感，是热烈温柔的爱情，哪里有爱情，哪里就有“南方”。南方既是炽热又是温柔。南方是两性之情，但尤其是女性之情，“南方”是“我会一辈子等你”的情爱，“南方”是“让我自己给你”的性爱。但“南方”也是离去：残疾人 C 所爱的人离开他去了南方，于是他永远都在等候他的恋人从南方回来；Z 的母亲苦苦地在南方等待丈夫，到再也撑不下去了之后才去了北方。“南方”是离骚。“南方”是离愁别恨，“南方”也是忍耐和等待。“南方”似乎还有点软弱，“南方”是诗情画意，雕梁画栋，雨打芭蕉。

“南方”又是具象的，“南方”不仅仅是一个地理概念或一种心绪。“南方”是记忆和想象的糅合，甚至完全是想象，但它是生动如画的。“南方，这幻象不一定依靠夜梦才能看见……轻轻地说‘南——方——’，那幅幻象就会出现。生来如此。生来我就见过它：在画面的左边，芭蕉叶子上的水滴透黑晶亮，沿着齐齐楚楚的叶脉滚动、掉落……老屋高挑起飞檐，一扇门开着，一扇窗也开着，暗影里虫鸣唧啾，再往右又是完全的空无；微醺的夜风吹人魂魄，吹散开，再慢慢聚拢，在清白的月光下那块南方的土地上聚拢成一个孩子的模样。”

作者似乎没有在南方生活过，甚至没有真正见过南方。但似乎又没有谁比他对南方更熟稔。“溶溶月色，细雨芭蕉。”O说，“完全可能，你到过那儿。”“没有，”我说，“直到现在我还没真正见过南方。”O说：“不，我不是指的今生。”“你是说，前生？”“对。但也许来世。”

所有的男人都想望“南方”。“南方”是每一个男人的梦境，是每一个流落他乡的爱恋者的心绪。Z小时候和母亲住在南方，他到北方以后回想起南方，“想起那座木结构的老屋、细雨中老屋的飞檐、滴水的芭蕉、黎明时熄灭的香火，以及天亮前某种怪虫的鸣叫……他想起南方月下母亲白皙的脖颈和挽得高高的发髻，母亲窈窕的身影无声地游移在老屋里、庭院中、走廊上，温柔而芬芳的母亲的双唇吻着他……”老屋里有考究的木质墙裙，硬木书架上有一函函古旧的线装书，银烛台上的蜡烛灭了，尚余一缕细细的残烟。L梦中在南方寻访恋人：“芭蕉叶上，透黑晶亮的水滴沿着齐齐楚楚的叶脉滚动。恋人的裙裾飘飘摆摆，动而无声……”没到过南方的F也梦见了南方流萤飞舞的夏夜：雨后一轮清白的月亮，四处虫鸣唧啾，微醺的夜风吹人魂魄，魂魄似乎飘离肉体，飘散开飘散开，却又迷迷蒙蒙聚拢在芭蕉叶下……木结构的老屋高挑飞檐，月在檐端，满地清白……

而所有的女性也最后都回到了南方。作为初始的南方，作为归宿的江南。柔情似水的南方。让人无比思念的南方。作者写道：

> 所有可敬可爱的女人，她们应该来自南方又回到南方，她们由那块魅人的水土生成又化入那块水土的神秘，使北方的男人皓首穷梦翘望终生。
>
> 我这样想，不知何故。
>
> 我这样希望，亦不知何故。

我大约难免要在这本书中，用我的纸和笔，把那些美丽的可敬可爱的女人最终都送得远远的，送回她们的南方。

于是“南方”成为归宿，它也是一种融合，一种理想。那只白色的鸟儿经常鼓动翅膀，在南方起飞；它也经常飞向南方。书里的诗人还听见那住在葵林里的女人对男人说：“你可还记得南方？可还记得我们年轻的时候？可还记得天上飞着一只白色的鸟吗？”那男人肯定地回答说，是的，是“白色的鸟，飞得很高，飞得很慢，一下一下扇动翅膀，在巨大的蓝天里几乎不见移动”。“那只白色的鸟，”女人说，“盘旋在雨中，或在雨之上，飞得像时间一样均匀和悠久，那时我对你说什么你还记得吗？”“你说让我们到风里去到雨里去到葵花茂盛的地方去，让风吹一吹我们的身体，让雨淋一淋我们的欲望，让葵花看见我们做爱。”

书中还有一些意象，例如“白杨树”“小街”“世界的隔壁”“自杀用鱼”。有的意象在以前也出现过，比方说在以前的小说《毒药》中，是对新奇的“鱼”的追逐使一个岛屿社会最终被毁，而这次O是将“毒鱼”用于个人。总之，在《务虚笔记》里，故事的情节并不重要，人物的名字也不重要，从一个首字母可以引出无数的名字，走出无数的人。功利、成功自然也不重要。太务实的东西都不重要，重要的是那隐藏在深处，却往往通过象征表现出来的精神情感。

四、命运

以上所说的人物和象征已经涉及了命运问题。在某种意义上，所有人的所有遭遇都是命运。但当我们强调“命运”一词的时候，往往是因为某些遭遇的很不平凡或者引人关注，是大的悲剧或喜剧，而我们对此又同时有一种命定（必然性）和无常（偶然性）的感觉。从这些命运的原因或相关性着眼，我们或可区分出两种命运：一种是主要与社会因素相关的命运，这些社会因素包括社会制度、环境、氛围、所出身家庭的社会地位和名望等；一种是主要与个人因素相关的命运，这些个人因素包括个性、气质、情感、能力乃至身体健全或漂亮与否等。这两种因素自然又不可能绝对分开，它们常常会糅合在一起起作用，但在不同情况下对一个人生命和前程的影响还是有主次之别。

我们先来观察“主要与社会相关的命运”。一个人诞生在什么样的地方，进入了什么样的社会，遇到了什么样的时代几乎是命定的，或者说并不是由他选择的。如果他生逢这样的一个时代，进入了这样的一个社会，即在此他的命运与时代、与社会极其相关，也就是说，他自己的命运和他人极其相关，甚至在很大程度上是被一个高居于社会之上的人决定，那么，这可能不是一种幸运，而是一种不幸。他很难掌握自己的命运，他几乎注定要在一生中碰到某些事，被这些事所左右，而那些事情的主体或发动者并不是他自己。

在《务虚笔记》中，我们看到的正是这样一个时代，或者说，小说的主体部分，其中主要人物所处的青春时代就正是这样一个时代。而在某种意义上，《务虚笔记》也可以说是一部主要记录青春与爱情的小说，一部有浓重时代历史痕迹的小说。它在其中表现的时代主要是一个“动员时代”的高潮（也是末尾），即从“文革”前夕到“文革”时代，乃至延续到 1989 年，甚至我们在残疾人 C 与其恋人 X 相会的那个季节隐约看到了那个鼎沸而又闷热的春夏之交。作者写道：“X 回来的那天城里的交通也断了……他们站在人声鼎沸的街头互相望着……在万头攒动的人群中走……”晚上“紧张地听着街上的声音，分辨着空气中的每一丝颤动，心里不住地祈祷。闷热的黑夜密不透风。掀开窗帘望出去，家家门口都有默坐的和悄移的人影，偶尔喊喊嚓嚓地交谈，然后长久地凝望星空”。

但小说的主要的时代背景还是20世纪的六七十年代，即书中主要人物的青少年时期。它写到了“文革”前夕阶级斗争就已经进一步激化和权力控制的更加收紧——包括对所谓“敌对阶级”子弟的控制。它写到了“文革”风暴的降临，所有的人，自愿或不自愿，都卷入了这一场风暴，成为斗争的主力，或者斗争的对象。它写到了那个炽热的夏天，许多的人被打死，人们麻木地说起这里那里打死了多少人，就像更早以前说打死了多少苍蝇麻雀。还有本来妙龄的女孩都收起了漂亮的裙服，走上了打砸的火线，而书中的大多数重要人物不管出身如何，也大都跟着人群高喊“老子英雄儿好汉，老子反动儿混蛋！”。

这是一个所有人都要被动员起来的时代，是一个非常政治化的时代，是一个“人山人海且每一个人都无处可藏”的时代。人们或者参加斗争，或者被斗争。权力其实被极端地集中于个别人之手，但又常有一种大众主体，有时乃至是自由放任的感觉。然而，个人的命运其实是相当严格地逃不出“如来”之手的。《务虚笔记》中鲜明揭示的一个主题，正是这样一种当时个人命运被时代和社会来决定的性质，尤其是一种家庭出身的血统论，或者说社会成分的宿命论给个人带来的悲剧命运。在那个年代，一个人生在一个什么样的家庭，是工人农民，革命干部（干部中又可分为哪一等级的干部），还是地主资本家，或者有海外关系，或者小资家庭，他未来的道路就将相当不同，他日后的选择可能性也将大有差别。而这些都是先天地被决定的，并不可能由他本人选择，他的后天努力改变不了这一点，改变不了他的家庭出身或者说成分。于是，社会就几乎可以说天生有一些“贱民”，一些人也天生就有一种“原罪”。尽管做出这种划分的理论看来是崇尚最后的平等，但在此并没有任何平等，“狗崽子”绝不许“乱说乱动”。这里不仅没有平等，不仅存在差别，而且是天壤之别，是敌我之别，这些对立性质的差别是不可通融的，不容妥协的，不可和解的，只能通过生死的斗争或者专政，通过或者你吃掉我或者我吃掉你来解决。

而我们在《务虚笔记》中几乎所有的重要人物身上都看到了这一严峻时代的个人命运，他（她）们几乎都碰到了这一“出身原罪”的问题：按照时代的标准，WR、Z、L 的出身都不好，于是他们的前程大大受限，甚至不可能上大学；爱上他们的少女的初恋于是也就夭折，或者根本就不可能爱上他们。F 的出身很好，是出身于革命干部家庭，但是他爱上的女孩 N 的父亲后来被打成了右派，于是他在高干高龄的父母身体高危的压力下，不得不斩断这一关系。还有“我”的奶奶，有一天被发现了其地主的成分，于是正面的形象轰然倒塌。还有丈夫离去的诸多母亲，她们不得不改嫁，但仍然不易改变自己及其孩子的命运。就像 WR 的父亲去了海外，母亲含辛茹苦养育孩子，想让孩子上大学，但最后希望落空，她苦笑着说：“原来还有这么多人替我们娘儿俩记着你哪。”她不知道丈夫是活着还是死了，无从打探也不敢打探，而且无论他活着还是死了，“罪孽依然是罪孽，儿子的血统不能改变。母亲以为，她终于算是完全听懂了那个时代的忠告。但是那个时代让她防不胜防”。

对于这种先天的主要由社会因素决定的命运的态度，WR 进行了比较直接的抗争，他参加高考的成绩大大高于录取线，却没有被任何大学录取，他拿着成绩单去各个机关要求解释，结果被加重惩罚，发配到了边疆。而 Z 的抗争则比较迂回和曲折，大概是 WR

的遭遇给了他启示，他在全年级名列前茅的成绩突然一落千丈，他已经看穿无论什么大学都与自己无缘，于是考虑还有什么别的路可走。当时不仅从政绝不可能，经商也没有可能，研究自然科学至少得先进大学，甚至做个普通工人也不是易事，而他还是不甘于平凡的，他要改变自己的命运，要出人头地。他相信自己有不错的艺术能力，但他知道自己在当时的气氛下成不了作家，或者成了也要陷入灾难，而音乐又比美术更需要物质手段，所以他选择了画画。日后的诗人L则更多的是在幻想，幻想那一天他突然被发现并不是敌对阶级的子女，而是革命烈士的托孤，于是就一切都改变了，前途也就变得光明。

在那个时代，家庭出身是个很大的问题，出身或是“原善”或是“原罪”，是一种天生的优势和劣势，它尤其对少年和青年有巨大的影响，而如此强调出身又意味着阶级斗争和专政理论是当时整个社会制度和政策的基石。社会上有一些“贱民”——他们往往正是昔日精英的子弟。而从工农往上看，其实也不是平等，即也有不同等级的干部子弟的不同特权。代表和被代表者实际上有一种根深蒂固甚至必然的断裂。家庭出身在有些社会中可能会是一个私人领域的事情，但在有些社会中却是一个头等重要的社会问题、政治问题。将家庭出身极度地社会化乃至政治化，将不同家庭的差别扩大化甚至世袭化，就将使权力和利益结构固化，从而实际上取消机会的平等，或者使社会进入持久的不安乃至动荡。除了这种先天“命定”的出身“原罪”，还有如后天被厄运“殃及”的“叛徒”，以及不幸在解放前嫁入稍稍富裕一些的人家的穷人女孩（就像奶奶），而他们的个人命运就在很大程度上被社会政治预先决定了。在解放后的历次政治运动中，也还不断产生出新的“敌人”，从胡风分子到右派到“走资派”，他们及其子女也就被打入另一个世界。例如N就曾经也住在“美丽的楼房”里，但在父亲被划为右派并流放之后，家人也就被驱离“美丽的楼房”。F 为了寻找自己的恋人，头一次走进这片灰暗芜杂的楼区，“楼前有一群孩子在游戏，又脏又快乐，八个门中的七个不断地有人出来，或提着拖把，或攥着手纸，或端着尿盆，从他面前走过，一路向他行注目礼，甚至在拐进卫生间两手向腰中摸索裤带时还回头再把他审视一回”。少女 N 点起了一支蜡烛。忙活了许久，搬家的三个人围着那烛光坐下，开始吃冷面包和一条冷熏肠。N 的母亲说：“这倒很像是一次圣餐。……要不要我给你们弹支曲子？”我们在此倒是看到了时代和永恒的一种感人联结。而他们的确也有日后“翻盘”的希望，当若干年后右派平反，他们一家又住进了新的“美丽的楼房”。而他们昔日的邻居将依然故我，他们是什么还是什么。这也许正是后来《我的丁一之旅》中的丁一，宁愿自己的父亲是台上被斗的高知，也不愿父亲事实上是一个送饭来受到大家热烈欢迎的厨师的原因。

但即便在时代的必然大潮中，也还是会有一些个人的偶然性，比如 Z 进了那座美丽的大楼，如果进去的恰好不是这个女孩而是那个女孩的家门，可能结果还是会有些不一样。他在这个女孩的家里看到了一根神奇的、美丽孤傲的羽毛，他马上呆住了，小小的身影在那一刻夕阳的光照之中一动不动，很可能这时他作为一个画家的前程就已经决定。他在这个女孩家又遭到了她家人的冷遇乃至羞辱，被看作是“野孩子”，以后不许女孩带他再来。而这可能就使他产生了第一次深深的怨恨，使他有了一种日后一定要征服那“美丽的楼房”及其中的女孩的强烈而持久的激情；这种激情既是他始终不甘平庸的强大动力，但又是可能将爱自己的人乃至自己灼伤甚至烧毁的火焰。Z 从英文字母的次序来看，是居于末端，然而，他要努力通过自己的奋斗来居于强端。但一般来说，如果以恨为动力，恨更可能产生恨，而不是爱，尤其对一个孩子来说是这样。甚至WR也是如此，他在流放归来，虽然在目标上希望通过他的从政将社会改善为将没有人被送到世界的“隔壁”去，但在手段上也受到了迫害他的人的微妙影响。一个人的命运也很难摆脱时代的痕迹，甚至终究要被时代的主潮裹胁。就像WR虽然进的是美丽的楼房中另一个女孩的门，她的家人相当善待他，对他友好乃至欣赏，但是，他最后还是被一种远为更强大的力量发配流放。尽管Z和WR一个是很早就试图通过艺术来摆脱困境，一个是后来试图通过政治来改变世界，但他们的确又是同一类人，即他们都富有才华，也都有坚强的意志和吃苦耐劳的精神，他俩似乎都不是以爱情为第一，而是以事业为第一，为此甚至可以舍弃爱情。

命运就是差别。命运没有同样的。但命运却受各种各样不同因素的影响，有时主要是社会的因素影响，这时某些个人的悲剧与其说是个人的悲剧，不如说是时代和社会的悲剧。书中的主人公们年轻时就正生逢这样一个悲剧的时代。但有时个人命运又更多的还是受个人因素的影响，所以又可以说，“性格就是命运”。书中的主要人物也是性格与气质有异的：F、L，甚至Z，都不像WR那么决断和胆大，N不像O那样执着或像T那样小心实用。这些个人的气质和态度也都糅进了命运，从而伸展出他（她）们不同的人生道路。

五、爱情

一直有两条处理人间差别和矛盾的道路：恨的道路与爱的道路，或者说始终对抗、决战决胜的道路和“仇必和而解”的道路。作者显然是选择了后一条道路，这也是他在早期作品中说过的，要靠爱而不是恨来解决问题，怨恨与仇恨只会把事情越搞越坏。当然，这里所说的“爱”是广义的，包括恻隐、仁爱、同情、怜悯、宽容、和解等种种正面的、善意的感情，而其中最强烈的情感自然还是爱情。且甚至可以说，无论他的早期、中期还是晚期作品，他都对情爱以至性爱投注了最多笔墨。他写到了爱的朦胧性和强烈性，尤其其中少男少女的爱，青春初萌的爱极其美丽动人，如O与WR的青春的朦胧初恋，两人隔着书架、也隔着视线的轻轻试探性地用手指接触和握住，“他们一声不响似乎专心于书，但两只拉在一起的手在说话。一只已经宽大的手，和一只愈见纤柔的手，在说话”。这是腼腆的爱、羞涩的爱，是含蓄最多的爱，包容最多生长可能性的爱；同时也有狂放和热烈的爱，有突然的爆发，有狂热的一见钟情，O在进入Z的画室的几乎那一刹那就爱上了他，后来她莫名地跑到一个不知怎样去了的小镇上陷入浓烈的醉酒状态，觉得自己以前几乎从来还没有爱过。还有在天地之间的融合，有没日没夜的、疯狂的交缠。

而最为感人的还是一种爱情的持久性：有年轻人为了爱情，日复一日、年复一年地到爱人窗下的跑步；有F分手多少年之后的仍然出发去寻找，以及积累了许多年的写给他恋人的没有发出的一麻袋信件；还有“叔叔”的最终仍然没有忘记被打入另册的恋人而去葵林相会，而他的恋人也是一生都在等待这一刻，倾听他的脚步声。还有那些母亲，暮年仍然尽力回到南方，回到她们和爱人分手的地方，回到爱情和祈祷都是正当的地方。也许这种爱情的持久性、终生性只是一个理想，在现实生活中并不常见，时空的距离还是更常发生作用，更可能的是忘记，或者只是偶尔记起，摇摇头也就过去。但这种分隔了漫长的时间仍然炽烈或者沉淀得更加坚固的爱情，大概也正是因为特别地稀少，也才特别地让人感动。它让我们看到爱情可以是什么，以及能够达到什么。

也正是靠这些爱情，给了那些被侮辱和损害的人以一种温情和支持，尤其是对那些有才华却被窒息的人。他们在不幸的环境中却得到了幸运的爱情，哪怕是最后还是不得不时空分离，那爱情也依旧给了一种使他们永不堕落的记忆和力量。他只要想到这世界上还有一个爱着他的人，牵挂他的人，他就不会对这个世界完全绝望。是爱情在抚慰命运，有时候，也只有爱情能够抚慰命运。什么都没有了，只剩下爱情，只剩下对爱情的记忆和一线重逢的希望。命运必然意味着差别。命运必然是有差别的命运。而爱则偏向平等，它让居上者有慈悲，给居下者以同情。这自然主要是指那种怜悯的爱、同情的爱、慈悲的爱、普遍的爱；但也还有浪漫的爱、欢乐的爱、唯一的爱、个别的爱，乃至强烈的性爱。在这方面的爱并不是空灵的，单纯情感的，而一定是灵肉合一的，一定是要有身体接触的。作者甚至在身体、肉体方面的性爱上有执着而微妙的探讨，他不仅不忌讳谈到肉体，甚至努力展现其美丽和各种各样的可能性，对身体的凝视，一个姿势或者一个细节对身体的唤醒，高潮和沉醉，等等。

但爱也会遇到困境：不仅有主要是社会因素造成的困境，还有主要是个人因素造成的困境，是自身的困境。像少女 O 与 WR，青年 F 与 N，叔叔与其恋人的不得不分离，就主要是前一种原因产生的困境，即出身"原罪"和政治问题带来的困境；而像后来的 O 与她的丈夫的分离，O 与 Z 的疏离乃至最后的自杀，则看来更多的是个人的性格因素所造成（当然它也涉及对人的差别，包括个人对社会差别的认识和态度），或者说，这里的悲剧更多是来自爱情自身的困境。还有一些个人的情况则是两种因素都有，如 L 和 T 的不能相通可能社会与个人的因素都有，而 L 和后来的恋人在婚前突然又分手，则可能主要是来自两人的个人原因——如 L 的多恋对象的可能性和他当时的恋人的敏感性。还有像残疾人 C 和他的恋人 X，他们既要克服身体的障碍，又要克服世人观念的障碍，而这些障碍是和特定的时代关系不大的，任何时代和社会都可能发生的。

爱情，甚至越是单纯的爱情必然还是意味着差别对待，意味着在爱情上对某一个人的偏爱和对其他人的忽视甚至歧视：我是爱这个人而非那个人；因为是这个人身上有让我爱的东西而那个人身上没有。而且一般情况下，我爱上了这个人就不会或几乎无法爱另一个人。而如果说有很少的人，例如诗人 L，他也就要遇到他自己的悲剧：他的恋人不再或不敢再爱他了。他的恋人要离他而去，而他在这时候倒是也接受了爱人的唯一性：他不再想爱别的女性，而是满世界去寻找他的那个恋人。总之，最珍贵动人的爱情往往会去平衡那种人为制造的先天的社会不平等，去平衡那种社会的“原罪”，去爱上那时代的“弃子”或“贱民”，但它又可能制造新的不平等，将善良的、同样渴望爱的人弃之不顾。

我们对于社会的理想也许应当是尽力消除那些会影响个人命运的偶然因素，尽力消除那些人为制造的障碍、压制和迫害，但是，即便将这些因素消除殆尽，我们会发现，爱的困境依然还是会存在，爱的悲剧也还是会发生。或者说差别还是会存在，一定有幸福和不幸的爱情，有美满的结局和悲哀的结局，除非一个社会完全消除了人与人之间的差别，但如果没有个性差异带来的诸多差别，千人一面，万人一性，那也就不会有真正的爱情了。当然，爱的悲剧仍然还是存在，并不构成我们不去尽量消除那些人为制造悲剧的社会因素的理由。

我们这里主要想分析一下 O 与 Z 的爱情，在本书中，也正是在她和他的关系中，既有最强烈的爱，又有最独特的命运，而 O 也就像是爱的化身，而这一爱的化身却不得不自我了断。她找到了她在这个世界上可能最值得她爱的人，但她却不得不自己决定离开这世界。在此爱情与命运极其紧密地结合在一起，个人和社会的关系，平等和差别的问题也密切地联系在一起。到了他们结合的时代，社会出身“原罪”的因素其实已经影响不大了。于是这里我们将遇到的是“主要与个人相关的命运”。

Z 在童年在那所美丽的房子中同时遇到了他一生追求美的灵感的触动和社会差别带来的冷遇，他第一次产生了对美的强烈冲动，但也第一次产生了深深的怨恨，而在“文革”血统论喊口号的人群中，作者也看到了他深藏在眼中的恨意。他差点或者就是爱上了他异父异母的、崇拜他的，然而平凡和苦命的姐姐，但他为不落入平庸，压制乃至最后扼杀了这种感情。他走上了一条试图通过艺术征服这世界，包括洗雪在美丽的楼房中遇到的耻辱的道路。他后来对 O 说，他并不是走恨的道路，他的确曾经恨别人，但后来发现这不对。这怨恨除了说明自己是弱者之外再没有任何用处。你甚至可以根据这个标准去判别谁是弱者。“真正的胜利者是一个精神高贵的人，一个通过自己的力量而使自己被承认为高贵的人，连他的敌人也不得不承认他的高贵。”他所说的“高贵”倒不是指政治，那是可能损害千百万其他人的。他所说的“高贵”是指艺术，是指美的创造。他说：“有那么一会儿，庸人们会以为高贵的人并不存在。但是，终有一天人们会看见他在世界屋脊，他的脚印遍布喜马拉雅山，他的声音响彻珠穆朗玛峰，他站在那灿烂的雪峰上，站在太阳里，那时众人就会看见什么是高贵和美丽。这情景，这一切，本身就是艺术。”这甚至构成他的历史观和世界观，一种类似于尼采的观点，他认为历史乃至宇宙的意义就在于创造出一些伟大的高贵的灵魂。所以他毫不隐讳地直接回答爱他的 O 提出的问题，说当然是事业比爱情更要紧。因为，在 Z 看来，爱情必得包含崇拜，或者叫钦佩。而能够让人崇拜、钦佩的东西，简单地说，就是事业。O 说，还有善良呢，善良也许是更重要的。Z 则以白痴为例，说人们会同情一个善良纯洁的白痴少女，但有谁会爱上她呢，或者愿意和她交换位置呢？“愿意帮助她的人多得要命，可愿意是她的人一个也没有。”他说他可以怜惜她，要是有多余的时间和钱财也可以帮助她，但不可能爱上她。爱情必须包含崇拜、钦佩这些因素。不过他所说的可能更多是男人所理解的爱情，或者更准确地说是男人所接受的爱情。

Z 并和 O 谈到过她的前夫，她为什么要离开他呢？他不善良吗？他做了对不起她的事情吗？ O 的确差不多把他都给忘了，她因此想，这是不是又让一个人积下了对这个世界深重的怨恨呢？她知道前夫是爱她的，但为什么她不能像爱 Z 一样爱他呢？但即便就在最同情他的这个时候，她的答案也还是非常明确的：不，不可能，她不可能爱他。当 Z 质疑：你是否能平等地爱每一个人？你为什么要苦苦地抛弃这一个，又苦苦地追求那一个？你根据的是什么？而不管怎样，那取舍都意味着价值评判的差别，而绝非平等！于是人们都要去争取在价值的差别系列中居于强端的地位，争取成功的事业、功名、才能或男子汉气概。而 O 苦苦思索的是：“但是另一个人在哪儿？以及另一些人，在怎么活着？光荣和耻辱各自在怎么活着？”这“光荣”是指她现在的丈夫，这“耻辱”是指她的前夫。

于是爱情要遇到它的困境，它抚平或缩小某些差别，但也可能产生或扩大另一些差别。而恻隐的爱、同情的爱也同样要遇到它的困境：你更同情谁？你怎样去关心那些弱者？是将所有强者和弱者拉平？但那样一个拉平的世界且不说有没有这样的恰当手段，这样一个目标世界也似乎并不是那么可取的。或者将那些弱者抬高到强者之上？如果是在物质、权力等实际资源上这样做，那不过是某种“翻烙饼”似的“轮流坐庄”，而社会在这种“翻腾”中将可能耗尽自己的精力或衰竭自己的资源。或者是在精神上通过更高扬弱者而达至某种超越存在面前的平等，这正是像基督教、佛教等做的；以及或者在某些基本的方面，即在公共政治的领域内保障人们的基本权利方面达至某种平等，这正是近代民主法治潮流所趋向的。而我们可以看到，在这些进展方面，正是某种怜悯和同情的爱起了根本动力的作用。至于浪漫的男女之爱，虽然它也难于完满，但它还是在人类的生命历史中开出了无数让人欣赏、让人赞美，或即便让人唏嘘，但也还是让人感动的花朵。

六、结局

《务虚笔记》中重要人物到作者搁笔时为止的结局是：第一对恋人 O 自杀，Z 不知所终，只是在野外的一些地方还能看到他的画作；第二对恋人 N 终于在异国他乡发现了自己拍的影片中白发苍苍的 F 的身影，她回国去找他，却得知 F 已因心脏病发作去世；第三对恋人 C 还在等待着 X 的归来；而 L 和过去的恋人及丈夫见面，已经是客客气气，物是人非；葵林中的女人倒是又一次等到了自己的恋人，而且这次可能就不走了；WR 还在维持着他的婚姻，在政治上却遇到了是坚持自己的理念还是先获得权力的悖论。母亲们都回到南方去了。

而这结局也是开始，“缘起”中遇到的两个孩子实际是所有的人，所有的人都是一个男孩或者一个女孩。作品结尾引 F 的话说：“差别推动了欲望，是欲望不息地去寻找平等，这样上帝就造就了一个永动的轮回，或者，这永动的轮回就使‘我’诞生。”虽然我可能要补充一下，即在这永恒的轮回中，那欲望不仅有希求平等的欲望，也有希求差别的欲望。

不过我们在这里要重点讨论的是O的结局。这结局是一个追求爱，甚至就是爱的化身的人的生命的结束，而围绕着她的死，书中几乎所有的重要人物差不多都对此发表了看法，或者发生了关联，于是它也可在某种意义上视作所有人的终场告别。O本来是找到了自己最崇拜的爱人，她和他灵肉似乎都能融为一体，有过许多心醉神迷的时刻，却还是在一起生活七年之后自杀了。而在她自杀之前，她已经陷入在那座故园里久久和苦苦的沉思。她早就准备好了一条可以毒死自己的干鱼。她虽然觉得找到了值得自己爱的人，却还是得离开他，而且是永远地离开，离开所有的人，离开这人间。在她临死前，还发生了一场她半夜在一个来访的男人房里被Z发现的事件，而这一事件的事实和原委都不清楚，O也不做任何解释。几乎所有认识她的人虽然对她的死因众说纷纭，但都认为她已经不再爱Z了。但她留下的遗言是："在这个世界上我只爱你，要是我有力量再爱一回，我还是要选择你。"于是这遗言也像是一个谜，仍然可以有多种解释。她不是一个会说谎的人，也不是一个要从一而终的人。如果她只是不爱Z了，她为什么不改弦更张，重开她生命的新路？她弥留之际对Z说的最后的话是:"不,你千万不要——"而究竟"不要什么？"，也依然不得而知。我们说过，在某种意义上，O就是爱的化身，Z或者就象征着一种典型命运。O是为爱殉死的，她以她的死彰显了一些爱的根本问题。爱是什么？爱能做什么？爱与生命什么关系？爱与命运如何协调？O死了，但爱死了吗？或者不死的爱也要陷入不可解的矛盾？

对这一结局的原因，除了一个最重要的人——她的丈夫Z之外，书中几乎所有其他的重要人物都给出了自己的解释，倒是只有Z什么都没说，这或许是因为巨大的痛苦，或许他正在经历他最深的精神震撼，或许这也是他的某种结局，他无法再说什么了，O因他而死，至少直接的缘由是这样。如果说她是绝望而死，那一定也包含对他的绝望。

在这些多种多样的解释中，医生F的解释是比较形而上的，因为他曾在故园多次看到过和听她讲述过她的苦思冥索。HJ及T的解释是比较具体的，涉及O和他的哥哥Z及与母亲、家庭的关系，他们更多的是陈述事实。诗人L的解释主要集中于情感，简单地说就是认为O不再爱Z了，但又不愿承认。N的解释也是集中于爱情，但更侧重从女性的角度理解。而政治家WR的解释则集中于如何走出困境，认为O不能从大胆的否定中走出一条新路来。残疾人C则乍看起来是同意WR的某些观点，其实是基本同意医生L的观点。解释是生者的事，不是死者的事。而我们看到一代代的解释者最后也进入了死，他们从此无言。而无论如何，这一结局对各种解释是开放的，也许解释者都看到了其死因的一个侧面，但又都不完全，肯定也还可以有新的解释。

在以上解释中，这一次诗和政治倒是走得比较接近，即L和WR都认为O不爱Z了，但又陷入了某种自欺而走不出来。不过他们也是两个男人，对爱情，尤其女性的爱的复杂性也许估计不足。而两个女人的观点却不太一样，T说："很可能O心里还是爱Z的。又爱他，又受不了他，O只是觉得自己没有力气了。"N也说："是的，尤其是像O这样的女人，即便她会恨他，她也还是爱他。"但N还是认为O大错特错了，她说："不管你对多少个男人失望了，你都没有理由对爱情失望。因为爱情本身就是希望，永远是生命的一种希望。爱情是你自己的品质，是你自己的心魂，是你自己的处境，与别人无关。爱情不是一个名词，而是动词，永远的动词，无穷动。"虽然她的解释或稍稍带有一点女性主义和自我主义的意味，但她说爱情就是生命的希望大概还是对的。

医生 F 和残疾人 C 的解释则可能更加复杂和超越。C 同意 WR 说爱着的人是不会自杀的，包括只爱自己的人。但他认为 F 的解释才是真正对的，即“对爱和对生命意义的彻底绝望，那才是 O 根本的死因。”“能让 O 去死的，一定是对爱的形而上的绝望。如果爱的逻辑也不能战胜 Z 的理论，如果爱仍然是功利性的取舍，仍然是择优而取，仍然意味着某些心魂的被蔑视、被歧视、被抛弃，爱就在根本上陷入了绝望。” 他设想“O 至死的爱的疑问”是：“爱，不能是对美好的人或物的占有欲，而应该是对丑恶的拯救！但是，爱，难道不包含对丑恶的拒斥么？可这拒斥，这样的取与舍，不又意味了高低之分和心灵战争的酿成么？那么爱，到底是什么？她能够像死亡一样平等、自由、均匀地漫展、无处不在么？” 不过 C 仍然认为 O 不应该急着去死。他想：“要是她没死，如果她被救活过来，也许她终于能看见，那永恒的爱的疑问即是爱的答案，那永恒的爱的追寻即是爱的归宿。” 但 F 也请我们注意 O 的那句遗言，他认为 O 是说，在这个世界上她没有力量爱了，但在另外的存在中她仍然在爱，仍然要爱。C 感动地看看 F 说：“谢谢你，谢谢你的这个解释。”而 F 医生沉思良久，又说：“可是，也许，并没有两个截然分离的世界。”

读到这里，我疑心 F 是真正的潜在的第一主人公，或者说是思想的主人公。他甚至可能承担了作者的某些思想甚至某种性格。书中最有哲理的一些话（包括全书结尾的话），基本都是从他的口说出的。正是他执着于寻求灵魂的所在，使他特别地关注永恒的问题。他年轻时显得软弱，他斩断与 N 的恋情而被认为“不男人”，他也许的确有点性格妥协，但也主要是为了不让双亲出事，“一夜白头”说明了他的深深痛苦。他不以功名事业职称，更不以征服和胜利为意，虽然刻苦研究和思索，至死也就是一个副研。他看起来似乎是

“胸无大志”，和画家Z、政治家WR形成鲜明对照。他也不是一个像诗人L那样感情外露、放浪形骸的流浪者，他的外在生活就像一个普普通通，甚至规规矩矩的人。他持续不断地给自己的爱人写并不发出的信，后来苦苦寻觅和保护自己的恋人，但又并不显身。他是一个不张扬的人，将思想和感情更多地埋在自己的心底，而且坚持不懈。

F在心脏病发作弥留之际，他梦见了南方，最后也看见了白色大鸟。他独自静静地在躺倒在一棵老树下，看着老树浓密的枝叶，看着那枝叶上面的天空，觉得自己的灵魂正在飘起来，飘离肉体，无遮无拦地飘散开去。他想：进入另一种存在就是这样吗？“我正在进入另一种存在吗？”……他再去看那棵老树，非常奇怪他竟像是在低头而不是抬头看那棵老树，不仅看见了下面那棵老树而且看见了下面发生的一切。他又想起他一向感兴趣的那个问题：灵魂是什么？灵魂在哪儿，找遍身体的每一部分都找不到灵魂，大概因为灵魂是一种结构。灵魂在哪儿也找不到但灵魂又无处不在。但灵魂只是在身体和大脑的结构里吗？灵魂可能离开身体以外的世界而存在吗？……

人一生的命运是一条道路，而在某种意义上说，命运也是位置，或者说最后达到的就是位置：在社会中的位置，在历史中的位置，在自己心里和别人心里的位置。在一个人活着的时候还会有位移，但最后这个位置会比较确定。那么，我们究竟想要什么样的位置？什么样的位置是美丽的位置？F回答说：所谓最美丽的位置，并不一定是最快乐的位置，最痛苦的位置也行，最忧伤最熬煎的位置也可以，只是排除……只是排除平庸。L也终于听懂了F心底的固执和苦难：如果自由但不平安，如果平安却不自由，就让往日保存在一个美丽的位置上吧，不要苛求重逢，不要独钟实现，不要怨甚至不要说……一个美丽的位置才可能是一个幸福的位置，它不排除苦难，它只排除平庸。那必不能是一个心血枯焦却被轻描淡写的位置。但是，那些平凡的普通人呢？他们也有自己深深的感情。作者猜想，如果有一个男人去寻 O 的坟茔，他会是谁呢？是 WR 或者 Z 吗？都不是。他却可能是 O 的前夫。还有另一个被忽略的人：F 的夫人。她也可能走近 F 医生的坟前。这就是爱情与命运的无解的，甚至无望的矛盾？

如果不仅仅是从具体的个人看，而且从人类看，从整个生命看，这结局又必然是新的开始，其根本的原因在于有差别的事实与对平等的欲望。我说过这里我还要补充的是，在人们中间，不仅是有对平等的欲望（它在现代社会表现得更明显或更主流），同时还有对进一步扩大差别或者生产出新的差别的欲望（它在传统社会表现得更明显或更主流）。但这两种欲望始终存在，甚至这两种不同的欲望就常常体现在同一个人的身上，只是在不同的时段和方面有不同的展现：他可能在某些自己占优的方面要求差别，而在自己较差的方面则要求平等；或者在出众的欲望不能实现的时候要求拉平。社会的出路也许在于：在一些基本的、人之为人的权益方面保障平等，但过此则放开自由。然而，这还不是最根本的问题。最根本的问题还是人有没有灵魂？灵魂是什么？死后是什么？永恒是什么？以及我们如何向死而生？知死而活？

结局其实一开始就出现了，O 的死，F 的自杀，Z 的不知所终；“故事”将不断再开始，然后再成为“故事”，但人生的谜乃至某种悲剧性质将依然存在。有许多可能的解释，但却无法有定解，就像本书中的一个人生悲剧：O 死的原因也有多种解释，但却最终也无法有定解一样。那“定解”可能存在于死者那里，但她已经死了；或者存在于超越所有人的存在那里，但我们无法得知那是什么，至少在此世无法得知，死后也可能仍然无法得知，因为连“知”可能也不存在了。死好像就是“什么都没有了”。但是,“有”怎么会变得“没有”了呢？“知”怎么会变成“无知”了呢？浩瀚星空，大千世界，无边无际，无尽绵延，以及古往今来无数的生命和人流及其自我意识……即便按最唯物的观点看，不也是一个“奇迹”？它还是一个无法解释的“奇迹”，或者按照人的身份谦卑地说，它是人无法解释的“奇迹”，它在人的眼里显得是“奇迹”。

活下去，但是要记住

——莫言作品中的乡土历史与生命记忆

莫言最好的小说是从他的乡土中生长出来的。他年轻时曾极力要逃离这乡土，后来又回到这乡土，发现这块故土才是他真正的文学资源的宝库，也是他安身立命的地方。但是，没有开初的逃离恐怕也是不行，他离开了故土，来到了京城，在那里开阔了眼界，并写作成名。当世界也见过了，生计也早已无忧了，他回来可以安静地写作了。过去他稀罕的现在不稀罕了，而过去他弃之如敝屣的东西现在却变得十分宝贵了。目睹旧时熟悉的景物，感怀早年认识的人物和世事的变迁，又在想象的磨坊中不断磨碾、分化和重组，于是他的创作有了不竭的源泉。

莫言曾经在斯坦福大学的演讲“饥饿和孤独是我创作的财富”中谈到，当他年少作为一个地道的农民在家乡贫瘠的土地上劳作时，他对那块土地一度充满了“刻骨的仇恨”，说“它耗干了祖先们的血汗，也正在消耗着我的生命。我们面朝黄土背朝天，比牛马付出的还要多，得到的却是衣不蔽体、食不果腹的凄凉生活”，说他当时“曾幻想着，假如有一天，我能幸运地逃离这块土地，我决不会再回来”。但仅仅两年后，当他重新踏上故乡的土地时，他的心情竟是那样地激动。“当我看到满身尘土、满头麦芒、眼睛红肿的母亲艰难地挪动着小脚从打麦场上迎着我走来时，一股滚热的液体哽住了我的喉咙，我的眼睛里饱含着泪水——那时候，我就隐隐约约地感觉到了故乡对一个人的制约。对于生你养你、埋葬着你祖先灵骨的那块土地，你可以爱它，也可以恨它，但你无法摆脱它。”

如果说离乡两年后他已经从恨变成爱恨交加了，十多年后他作为一个名作家回到故乡，并在那里家居写作的时候，他对故乡的感情大概就主要是爱了，他就像是要重新“长”在那里了。他说他是个二十岁才离了“高密东北乡”——这是他在 1984 年一篇题为“白狗秋千架”的小说里第一次给故乡打出的旗号——的“土包子”，无论如何乔装打扮，也成不了文雅公子，说自己的小说也只能是“地瓜小说”，或者说是高粱地里的小说。这时他强烈地感觉到，“二十年农村生活中，所有的黑暗和苦难，都是上帝对我的恩赐。虽然我身居闹市，但我的精神已回到故乡，我的灵魂寄托在对故乡的回忆里。”“这地方有母亲生你时流出的血，这地方埋葬着你的祖先，这地方是你的‘血地’。”“回到了故乡我如鱼得水，离开了故乡我举步艰难。”

在这之后，他主要的作品，他最好的作品，都是在他的故乡写成的。尤其是 1995 年春天他开始“醒着用手写，睡着用梦写”，三个月全身心投入完成的《丰乳肥臀》，可以说是一部史诗的杰作，是一部生命的悲歌，同时也是生命的颂歌。他自己也是一个道地的农人作家，像一个极其勤勉的农人专注于耕耘一样专心致志于写作。他会酝酿很久，但却集中在很短的时间里，高强度地将一部作品完成。五十多万字的《丰乳肥臀》用了九十天即完成初稿，而四十多万字的《生死疲劳》只用了四十三天就杀青。

他是一个道地的作家、单纯的作家，不仅是一个“讲故事的人”，而且是一个讲故事的天才。的确，他也会保护自己，但你怎么能苛责一个将自己保护起来以便专心致志做自己的事情的作家呢？尽管他在创造方法上学了世界的玄幻，但其反映的内容还是非常现实的，就是从庄稼地里长出来的。他骨子里还是一个善于保守自己专业和家业的农民，这没有什么可羞愧的。而除了勤劳和谨慎，他还有叙述和想象的天才，他也很好地利用了这一天才。他的文学作品以外的讲演、访谈、时论也常常是精彩的，但不是他最好的作品。他最好的作品还是他的小说。他的时论，他对有些人物和事件的解释，甚至对自己行为的解释也会有含混的时候，但他的小说是清明的——即便从思想的意义上说也是如此。

作为一个描写乡土的作家，他和其他一些也常常描写乡土的作家如贾平凹、曹乃谦等还不同。贾平凹没有明显的逃离和明显的回归，他更多的还像是待在老家的一种“城乡接合部”，既写都市也写乡村；曹乃谦的文学风格自然是更朴素写实或更“土得掉渣”，但也没有明显要“走出”来重新以一种新的眼光看待乡土。他们也都没有通过自己极其大量的，也是高质量的作品来精心营造一个类似“高密东北乡”这样的旗帜般的乡土。而那些写乡村的“知青文学”作品，尽管有一种看待乡村的新的视野，但它们的根并不扎在这乡土，作者们的童年和少年的生命体验并不属于这乡土。而莫言成年才离开乡土，又去了思想文化最活跃的首都，后来还多次到欧美。他也形成了一块特定乡土的自觉和执着的意识。这并不是要评论以上作家作品的优劣，而是要说明莫言的乡土文学的特别之点。的确，他是再次回到了他曾经那样想极力逃离的故土，发现这才是他文学的宝库和灵感的故乡。这和他始终不出故乡是不一样的，他如果始终在乡下，也就是个“管谟业”，他出去再回来，才成了今天的“莫言”。今天来看，他的逃离或正是为了回归，而他的回归也必须先逃离。

于是，我们可以说，莫言的作品中凝结了深厚的乡土，而这乡土还不是静态的，而是动态的。这些作品——从描写 20 世纪初晚清中国的《檀香刑》一直到延伸至 21 世纪以来现实生活的《蛙》等许多作品——从北中国一块乡土的角度反映了一个世纪以来动荡中国的历史，因为这一个世纪中国的变化是一个天翻地覆的变化，这一变化深刻地动到了底层。从这一底层来看这一世变，也就更能看清这一世变的深度和广度。莫言的写作不仅有一种根深蒂固的乡土观念，也有一种自我理解乃至执着的历史意识。他说，通过对“高密东北乡”这个地方的描写，“我表达了我的历史观念。”“这是打上了我的个性烙印的历史而不是教科书中的历史。但我认为这样的历史才更加逼近历史的真实。因为我站在了超越阶级的高度，用同情和悲悯的眼光来关注历史进程中的人和人的命运。”他特别强调了这一乡土历史和20世纪流行的“阶级斗争的历史”的不同，和1949年以来的“千人一面”的教科书中的历史的不同，说“在民间口述的历史中，没有阶级观念，也没有阶级斗争，但充满了英雄崇拜和命运感”。

但即便主要限于这百年的历史，我们也许还可以将一个作家笔下的历史分成三种：一是亲历的历史，也就是自己亲身体验的历史，对莫言来说也就是20世纪50年代后期以降的历史；二是亲闻的历史，这主要是指直接听到亲历者讲述的历史，是口耳相传的历史，对莫言来说主要是20世纪20年代到40年代的历史；三是传闻的历史，这往往是指要通过第三者，且往往是文字资料得知的历史，这对莫言来说也就是20世纪初及之前的历史。而我以为，在这三种历史中，不仅是亲历和亲闻的历史在莫言作品中所占比重最大，同时也是他写得最好的作品。而在传闻的历史作品如《檀香刑》中，也许是因为作者还是较多地受到当代流行意识形态的影响，虽然艺术上很有新意，结构也相当精巧，但在人物的塑造上却比较老套，尤其是高层人物，有脸谱化的倾向，也不太符合历史的真实：比如说当时晚清的政治思想潮流是朝着尽量废除不仅酷刑甚至肉刑的倾向的。到了1905年，清廷更明令将律例内凌迟、枭首、戮尸三项酷刑永远废除，凡死刑最重至斩决为止，又废除缘坐、刺字。《檀香刑》中所显示的从皇帝太后、文武百官到德国总督都那样迷信花样翻新的酷刑是不真确的。作者写作的最大优势看来还是在下层乡土，又尤其是在他的亲闻和亲历的历史时段。比如《丰乳肥臀》，主要是写从 20 世纪 30 年代的抗战到 90 年代市场开放的乡土历史；又比如《生死疲劳》和《蛙》，主要是写 50 年代以后他亲历的历史。

而在莫言描写的乡土的历史中，又必然主要是下层人物的活的历史，是各种各样的生命鲜活淋漓，但也饱受摧残的历史。20 世纪是一个生命奔放、英雄辈出的世纪，但也是一个生命轻贱、平民遭殃的世纪。莫言的作品不是以历史否定生命，而是从生命评判历史。在作者笔下展现的中国这百年的历史，主要是小人物的历史，是苦难的历史，而且常常是官方史书遮蔽的历史。它有一种激昂，更有一种沉痛。内忧外患，战争饥馑、阶级斗争、政治运动，造成了无数生灵涂炭和受难。作者不仅对所有出生的乃至未出生的生命有着深切的悲悯之情——像在《蛙》中表现的那样，而且顽强地执着于一种生命的记忆。这方面的一个突出象征就是《生死疲劳》中的西门闹，他作为一个人虽然已经死了，但还是执拗地不肯喝孟婆汤，并努力要在其后的多次畜界轮回中保持记忆，直到以一孱弱的“蓝千岁”的人身重返人间、重述历史。

下面我们就试图来分析莫言主要作品中的这一立足于乡土的生命历史，我们将特别注意那些给生命造成了最大威胁和灾难的东西——战争、饥馑和连续的“以阶级斗争为纲”的政治运动；将特别关注普通中国人是如何应对这些威胁和灾难，他们的主要办法是什么，根本依托是什么，以及还可以希望什么，等等。

一、战争、饥馑与政治运动

战争与饥馑，这是最影响到乡土，影响到普通人的事件，也是20世纪造成最大量人死亡的事件。战争直接剥夺人的生命；而饥馑则剥夺对生命的供养。但战争与饥馑也是中国历史上传统的两大灾难，而20世纪还出现的一个“新鲜事物”则是“以阶级斗争为纲”的“政治运动”，这种政治运动可以说和战争和饥馑也难分难解，它不仅摧残生命，也羞辱生命，不仅剥夺肉体的生命，还剥夺生命的尊严。它直接剥夺的生命数量也许不如战争和饥馑，但却大大加剧了战争的残酷性、惨烈性和饥馑的封闭性、严重性，甚至是直接构成它们的原因。而它的一种全民动员机制和全面控制机制，还不仅常常阻止了平民对战争的疏离和饥荒中的自救，甚至创造出新的，风调雨顺且无战争条件下的大饥荒。

《丰乳肥臀》就是这样一部在20世纪中生命屡遭战争、饥馑和运动横暴摧残和剥夺的历史记录。其中的主人公——母亲上官鲁氏的一家人就是一个缩影。她的公公和丈夫死于战争，婆婆在战争中发了疯。在母亲1900年生的那年，在她唯一的儿子上官金童1939年降生的时候，都遇上了外国侵略者加给她们所在村庄的战争，而两次都让村子里许多的民众尸横遍野。然而，还有内战。母亲的次女、六女，两个外孙，都可以说是死于内部或对外的战争，长女婿和次女婿也可说都是因战争而死。她的四女因为饥馑而将自己卖为妓女，最后则死于政治运动的羞辱和摧残；参加了革命并成为领导干部的五女也仍是不堪残酷斗争的运动而自杀；她的被打成右派的七女、失明的八女则是死于和平时代的饥馑。她的最大的女儿、唯一的儿子也是屡遭战争、饥馑和运动之苦，最后，一个被判死刑，一个一事无成。她的八个女儿无一善终，且都先她而去。

我们首先来看战争。克劳塞维茨说，战争是“流血的政治”。战争是政治冲突极端化的表现。战争是暴力的相争。如果没有遇到一些约束它的因素的话，比如说实力的约束，战争按其本性来说是一定要走向无限战争的。政治常常是战争之因，但又是其果。政治是可以成为战争的引发因素的，但也是可以成为战争的约束因素的——如果这政治是比较文明和清明的政治。但如果这政治本身就是凶狠的话，那么，它不仅会构成战争之因，还会大大加剧这凶狠和残酷，而凶狠常常带来更大的凶狠。如果不是实力过于强弱悬殊的话，战争的逻辑就常常是最狠的那个赢。而战争不仅是暴力，是强加，也是欺诈，或者鼓励欺诈，甚至在小兵的层次上也是如此。战争埋葬亲情，埋葬友谊，鼓励一切在平时被视为不道德的手段。比如我们看《丰乳肥臀》中的这一段描写：

> 沙梁上的兵像皮球，成群结队地滚出来，与那些戴铁帽子的兵打成一堆儿。吱吱哟哟地叫，呜哩哇啦地吼，拳打的，脚踢的，卡脖子的，捏蛋子的，咬指头的，揪耳朵的，抠眼睛的，白刀子进去红刀子出来的。什么法子都使出来了。一个小兵打不过一个大兵，小兵悄悄抓起一把沙子，说：“大哥，论起来咱俩还沾亲呢，俺堂哥的媳妇是您的妹子，你别用枪托子擂我好不好？”大兵说：“算了，饶了你吧，我还到你家喝过一次酒，你家那把锡酒壶做的有机巧，那叫鸳鸯壶。”小兵突然扬起手，把沙子打在大兵脸上。大兵眼被迷住了，小兵偷偷地转到大兵脑后，一手榴弹就把大兵的脑袋砸得葫芦大开瓢。天亮时，一群群的铁帽子兵举手投了降。

而几乎是在抗战刚结束，这一内战就开始了。上官金童的二姐夫司马库率着他的抗日别动大队开进了村子。他的人毫不吝惜子弹，他们的汤姆枪和盒子炮把大量的子弹倾泻在河水中，打得河中像开了锅一样。“如果他们当时要消灭共产党的爆炸大队，足可以杀个人芽不剩。”但他们只是施行恐吓战术而非杀戮，仅仅打死打伤了爆炸大队十几个人而将他们吓走赶跑。几年之后，当爆炸大队改编成一个独立团杀回来时，司马支队则几乎全军覆没，被杀戮殆尽，这时那些被枪毙的士兵和军官，无不感到有点委屈。但这似乎就是战争的本性、战争的逻辑。而按照莫言在他为上海文艺出版社出版的长篇小说写的序言中，在谈到悲悯时引用的一个真实故事，还在抗战结束之前，国军（被称为“顽军”）和共军之间的内战就已经变得非常凶狠了。后者在撤退时，将前者的四个被认为是间谍的人，包括一个身份为医生的人，直接用锄头、刺刀一个接一个地在他们的惨叫声中干掉。数十年后，当时“毫不动容”的亲历者回忆了这一血淋淋的场面，而引用者评论说：“在战争这种特殊的环境下，他们是真正的杀人不眨眼。但我们有理由谴责他们吗？”也许回忆者和引用者都是想说，悲悯比这更复杂，不能书生气，乃至人该狠的时候还是要狠，以及杀人者在别的时候和方面可能还是一个慈祥的好人。但在数十年之后来反省这一事件，还是可以有新的更深思路的，即思考为什么人们会陷入这样一种必须你死我活，而且如此残酷地处死的境地？可不可以避免？以及卷入其中的人们的行动是加剧了还是减弱了这一残酷？这当然不是要具体的行动者完全负责，但也不是完全卸责。的确，更多的原因是来自上层。是造成这样一种你死我活、不共戴天的局面的人要负主要责任，但是具体的行动者也要考虑和反省。这不是什么书生气不书生气的问题。这就是残酷，就是必须防止再次发生的残酷。这种残酷是我们必须牢记并努力防止的东西。我们要记住并防止这样人杀人，尤其中国人杀中国人且是如动物般地杀戮的残酷事件再度大规模发生。而我忧惧的是，如果解释不当，如果认为这种残酷就是必要的，这种解释恰可能成为再次造成这样一种局面的“理由”。

而《丰乳肥臀》中的母亲当时就是有反省的。当跟着独立团回来的五女上官盼弟说：“我们把天下夺回来了！”母亲的反应却是：她仰望着乱云奔腾的天空，呢喃着：“主啊，您睁开眼睛看看吧，看看这个世界吧……”母亲的这一反省不需要多么高深的思想，她根据的就是最朴素的常识和生命本能，当然还有真正的善意和悲悯。而小说的作者也曾于 2000 年 3 月在哥伦比亚大学的演讲“我的《丰乳肥臀》”中说：“我就像小说中的母亲那样，满怀着悲悯之心，看待分别属于不同政党和集团的孩子们的生死搏斗。无论是谁的死去，都会让母亲痛心。许多昨天还神圣的掉脑袋的事情，今天已经变成了人们口里的笑谈。”他说他关注的“起码是在近现代历史中的千百万中国人的命运，国民党也好，共产党也好，都是漫漫历史长河中的短暂现象，谁都不可能‘万寿无疆’”。

战争是最狠或最强的人取胜，而饥馑则是最弱的人先死，最弱的群体先亡。于是往往是老人孩子妇女首当其冲。有自然灾害带来的饥馑，也有人为因素（如战争、动乱和政策）带来的饥馑，而按照阿马蒂亚·森的观点，即便是自然灾难带来的饥馑，其中也有人为的因素起作用。通过铁桶般围困一座城市来谋求战争的胜利，其中最先和大量饿死的一定是被围困城里的平民而绝非军人，所以说，我们“只是要让城里的军队因饥寒交迫而投降”的说辞永远是一种不实之词。只要还剩下一点粮食，有枪就有粮，有权就有粮。三年大饥馑虽然城里人也在饥饿中，但饿死的几千万人几乎全都是种粮的农民。

《丰乳肥臀》先是写到了战争年代的饥馑。母亲的四女因为要救饥饿的全家人，而将自己卖给了妓院。在人们饥饿将死的日子里，县城的教堂将施粥赈济，于是人们在黑夜里奔往县城，当力气快要用尽，众人纷纷在路上卧倒的时候，是一个乡亲，也是一个英雄樊三大爷，将大家从通向死亡的虚假温暖中唤醒起来，步入通向生存的真实寒冷。他点燃了自己的皮袄为大家照亮路径，许多人终于得救，而樊三大爷自己却死在了路上。

但莫言小说着墨最多的还是和平年代的那场大饥馑。他的几乎所有涉及20世纪60年代最初三年的作品都写到了饥饿，写到了如何想方设法寻找食物，包括吃树皮、草根，甚至煤块。他在《丰乳肥臀》中写到了饿殍遍野的1960年春天，蛟龙河农场右派队里的右派们，都变成了具有反刍习性的食草动物。每人每天定量供给一两半粮食，再加上仓库保管员、食堂管理员、场部要员们的层层克扣，到了右派嘴边的，只是一碗能照清面孔的稀粥。当播种春小麦的时候，为了防止人们偷食，麦种里拌上了剧毒的农药。当春小麦长到膝盖高的时候，各种各样的野菜、野草也长起来了。右派们一边锄地一边揪起野菜，塞进嘴里，咯咯吱吱地吃。田间休息的时候，人们都坐在沟畔，把胃里的草回上来细嚼。人们嘴里流着绿色的汁液，脸色都肿胀得透明。当农场的春小麦即将成熟，好像已经到达了饥饿岁月的最后关头。为了恢复体力，迎接繁忙的麦收，上级分配下来一批豆饼，每人分得四两。但就像吃了毒蘑死去的霍丽娜一样，母亲的第七个女儿乔其莎也因为多吃了豆饼而死。而在此之前，以前是骄傲的校花的乔其莎已经为了获得一点救命的食物而不得不忍受炊事员张麻子的奸淫。为防止在磨坊里干活的女人们偷吃粮食，给她们都戴上了笼嘴。肉体在生命奄奄一息之际已经变得麻木，尊严也荡然无存。

这场大饥馑也是作者亲历的大饥馑。莫言甚至说摆脱饥饿就是他的创作的主要动机。说他的作品虽然“看起来迥然有别，但最深层里的东西还是一样的，那就是一个被饿怕了的孩子对美好生活的向往”。他谈到 1960 年、1961 年、1962 年这三年，他所在的村庄只有一个女人怀过孕，因为她丈夫是粮库的保管员。他自己和家人、伙伴吃过了各种青苔、树皮甚至煤块，而之所以他一家没一个饿死的，全仗着他那位在供销社工作的叔叔弄回来一麻袋棉籽饼；那玩意现在连猪都不吃，但在当时连草根树皮都吃光的时候，无疑是救命的灵丹妙药。他们吃着棉籽饼终于熬过了最艰难的岁月。

作者所亲历的时代还是连续不断的政治运动的时代。《丰乳肥臀》和《生死疲劳》都首先写到了土改。这也是第一次在全社会大规模确定世袭阶级身份的运动。在《丰乳肥臀》中，作者写到，哑巴率着区小队，将司马库家的桌椅板凳、坛坛罐罐分送到村中百姓家。但白天分下去的东西，晚上便全部送回到司马家大门口。即这是动员起来的土改，而且后面是用武力做后盾的。而当召开土改斗争大会时，一乘双人小轿，抬来了一个大人物，十八个背着长短枪的士兵护卫着他。母亲的五女婿鲁立人县长见了他，也像学生见了老师一样恭敬。据说，这个人是最有名望的土改专家张生，曾经在潍北地区提出过“打死一个富农，胜过打死一只野兔”的口号。

在斗争大会上，一位因和土改干部有私隙而被枪毙的生意人赵六的亲戚徐仙儿特别积极，他可能是为了报复，不仅要求抓住和枪毙司马库，还要求枪毙他的幼子幼女（到最后他其实也不忍了）。鲁立人想保护这几个也是他的亲戚的孩子，提议在场群众举手，是否同意枪毙司马库的儿女，结果群众都不举手。这时大人物张生脸上挂着一丝冷笑，他对鲁立人说：“你再问一下台下，有没有同意不枪毙司马库子女的。”群众依然深沉地低着头，不举手，也不出声。张生此举可以说是一种深知人性和群众弱点，也利用人性和群众弱点，且不是导向不忍而是导向残忍的举动。

在那个阴森森的大人物张生像剥皮刀一样锋利冷酷的目光注视下，鲁立人终于张开嘴，宣布要立即处死司马库之子司马粮和司马库之女司马凤、司马凰。当他的妻子上官盼弟骂他道："你昏了头，下这样的命令？"鲁立人用拳头捶打着脑袋，悲凉地说："穷苦的老少爷们，你们说，我鲁立人还是不是个人？枪毙这两个孩子我心里是什么滋味？这毕竟是两个孩子，何况她们还跟我沾亲带故。但正因为她们是我的亲戚，我才不得不流着泪宣判她们的死刑。老少爷们，从麻木的状态中苏醒过来吧，枪毙了司马库的子女，我们就没退路了。我们枪毙的看起来是两个孩子，其实不是孩子，我们枪毙的是一种反动落后的社会制度，枪毙的是两个符号！老少爷们，起来吧，不革命就是反革命，没有中间道路可走！"结果，司马粮虽然在群众掩护下偷偷爬行溜走，但司马凤、司马凰这一对双胞胎姐妹却都一枪毙命。以上的话解释了为什么能够做出杀死儿童这一有悖常伦的决定，即把真实的生命变成一种要消灭的旧制度的符号，且没有中间道路可走，或者不让自己有退路。

尽管鲁立人最终坚持了鲜明的阶级立场，后来他和他的妻子甚至改名换姓，断绝了和母亲一家的亲戚关系，但是，这种"原罪"可能还是不易消除，他们在后来的历次政治运动中，还是越来越不得志，官似乎也越做越小。在战争年代，鲁立人何其风华正茂，精明强干，富有光彩，后来经历了多次政治运动之后，却越来越暗淡和萎缩，就像鲁立人的妻子上官盼弟所说："你知道，我和老鲁，混到今天这个份上，是多么地不容易。""就是这样吹，人家还嫌我们右倾。"最后鲁立人心脏病发作而死，易名马瑞莲的上官盼弟则在"文革"中自杀，遗言恢复原姓名，并将自己的尸体送回母亲老家。

《生死疲劳》也是从其主人公、地主西门闹土改时被枪毙写起。之后他经历了七度轮回。而轮回的起因是他始终不服，在阎王殿里大闹，认为自己太冤枉。他自述说:“想我西门闹，在人世间三十年，热爱劳动，勤俭持家，修桥补路，乐善好施。高密东北乡的每座庙里，都有我捐钱重塑的神像；高密东北乡的每个穷人，都吃过我施舍的善粮。我家粮囤里的每粒粮食上，都沾着我的汗水；我家钱柜里的每个铜板上,都浸透了我的心血。我是靠劳动致富,用智慧发家。我自信平生没有干过亏心事。均分土地，历朝都有先例，但均分土地前也用不着把我枪毙啊！”而在西门闹被枪毙之后，后续运动的锋芒却指向了他救生的孤儿，后来成为他家长工的蓝脸了。蓝脸分到土地之后，憋足了劲要好好干，但是不久就兴起了合作化和人民公社运动。他坚持单干，于是成为历次运动的对象，甚至众叛亲离。他的生命或还无虞,但却得不到出自自身意愿,也不妨碍他人的舒展。

二、忍耐、生养与咬牙活命

我们在莫言小说中可以看到人们对生命的两种似乎对立，但之间又有互相支撑的联系的态度，即一方面是对生命的似乎并不太看重，不仅是对别人的，甚至是对自己的生命并不敏感、并不悲情的态度；而另一方面则是生命力极其顽强，无论如何都要活下去，甚至不惜尊严、不惧痛苦的态度。而且这两种态度往往就结合在一个人身上，比如上官吕氏，在她的儿媳上官鲁氏（母亲）要第八次生产的时候，她并不太关心和看重，甚至还没有对她家的头胎生养的黑驴要生小骡子那样看重，但也是她支撑着铁匠的家，对村里的人和大家的事情也相当热心，她曾严肃地盯着儿子说："人要该死，怎么着也得死；人要不该死，怎么着也死不了！"日本人在院子里杀死了她的丈夫和儿子，她自己也身受重伤，几乎在被认定也已死亡之际，几个收尸队员提着铁抓钩过来，刚要往上官吕氏身上抡钩子，她却像一只老龟一样，慢吞吞地爬起来。她虽然此后变得有些精神失常，失去了记忆和理智，在这之后却还是活了好几年。甚至这期间，母亲带着诸多孩子在饥馑中出外谋生许多日子，只是给她留了些食物，回来一看她还活着。最后只是因为她发疯地咬啮玉女，危及孩子的生命，才被母亲失手打死。

在太多的苦难和死亡面前，的确所有人也都不敢太悲情，太伤感。母亲对后来为不拖累她而自杀的玉女感到痛心和歉疚，伤心地说这孩子一辈子就没享过什么福，但还是只哭了几声也就算了。中国的老百姓对生命的痛苦的确有一种超常的忍耐，初看起来甚至有一种接近冷酷的麻木。但在一个几乎没有活路的世界上活命，麻木也不失为一种办法，或者说是一种保护。尽管要忍受极大的痛苦，他们却决不自戕，也不自艾自怜，甚至不太绝望，总想着天不丧人，总有活命之路。大多数人大概也不会有那种"不食嗟来之食"的贵族般态度，而是无论如何都要活下去的态度——哪怕忍受屈辱，或者忍受身体上的极度痛苦。中国人忍受痛苦的能力是惊人的。中国人活命的能力也是惊人的。他们不仅能利用各种各样匪夷所思的物质资料，甚至能吸收各种各样的精神资源来支持自己活下去。在三年大饥馑期间，母亲抱着鸟儿韩和上官来弟遗下的孩子送上官金童去农场，她对他说："还是那句老话，越是苦，越要咬着牙活下去，马洛亚牧师说，厚厚一本《圣经》，翻来覆去说的就是这个。你不要挂念我，娘是曲蟮命，有土就能活。"在此，生命的意志不是反省，也不是权力，而首先就是活着，就是生存，就是无论如何也要顽强地活下去。连孩子们也都有各自强悍的活下去的本领，如幼小的司马粮，在土改斗争大会上悄悄逃走没被枪毙之后，自己谋生，到处流浪，却依然活着重返家庭；他后来又偷越国境，若干年后却依然风光地活着回来了。

而 20 世纪的中国老百姓活命也的确太不容易。他们面对着连绵的战争，面对不断的饥馑，还有一个接一个的政治运动，表现出了自己生命的勇敢、智慧，甚至活命的种种"狡计"。当士兵告诫母亲她们不要回家："不怕被炮弹炸碎吗？我们这些重炮弹，能把大松树拦腰斩断。""到了这个地步，"母亲说，"不是我们怕死，而是死怕我们了。"战争年代，为了给可能来临的饥馑做准备，母亲几乎动员了所有的孩子来储存萝卜："大姐负责往筐里捡萝卜，二姐和三姐负责抬筐里的萝卜，四姐和五姐蹲在地窖里摆放萝卜，六姐每次提四个萝卜，从萝卜堆到地窖口。七姐每次提两个萝卜，从萝卜堆到地窖口。母亲背着我（金童）在地窖和萝卜堆之间来回巡视，发布着命令，批评着各种错误，表达着各种感慨。母亲的所有命令，都是为了提高工作进度。母亲的所有批评，都是为了改进工作方法，保护萝卜们的健康，使它们平安越冬。母亲的所有感慨，都在表达一个中心思想：生活艰难，必须奋力工作，才能熬过严冬。……我后来才明白，母亲在那年冬天里，为什么要储藏那么多萝卜。"

在三年大饥荒期间，母亲除了自己，还要养活失明的玉女和幼小的鹦鹉韩，她托门路谋到一个公社磨坊的差事，里面是用人推磨，推一天给半斤红薯干，但这对三人活命肯定还不够，于是她就琢磨到一个办法，偷着将磨道里的豆子囫囵吞到肚子里，回到家再呕吐出来。母亲后来对金童说："儿啊，娘这是被逼出来的，你不要耻笑娘……娘这辈子……还是第一次偷人家的东西……""娘的胃，现在就是个装粮食的口袋……"当孩子看到她双膝跪地，手抓着盆沿，双肩起伏，脖子探出又缩进，那么可怕又那么惊人的美丽。伴随着打雷般的呕吐声，她的身体时而收缩成一块铁，时而软弱成一摊泥，终于让豆子如粒粒珍珠大珠小珠落入木盆里，孩子刚要放声大哭，就看到母亲幸福的笑脸如一朵葵花盛开在星光下，就听到母亲用破裂的嗓音说："闺女，咱娘们有救了呀！"什么是"呕心沥血"？这就是了。作者说："这件事听起来好像天方夜谭，但确是我母亲和我们村子里好几个女人的亲身经历。"

于是，她们的生命，就像是一个象征，一个生命的象征，一个抗争的象征，一个抗拒苦难而顽强地活下去的象征。它是生命对战争的抗争，对饥馑的抗争，对那些戕害生命的政治路线和运动的抗争，对到处伺伏的死亡的抗争。尤其母亲的生命，她自出生伊始到她九五自然离世，虽然历经了一连串的战争、饥馑和政治运动，生命中几乎始终都贯穿着痛苦，她看到了她的许多孩子先她而去，且大多是饱受痛苦和凌辱而死去，但她的一生，仍是一面赞颂苦难中的生命的最伟大的旗帜。

而在母亲的生命中，最光辉的就是她的生养。这"生养"也是作为"母亲"的最本质含义。然而，这"生"对她却是非常屈辱的，这"养"对她也是极其艰难和痛苦的。她生了九个孩子：八个女儿和一个儿子。是她的丈夫没有生育能力，而她却要为此承受全部的责难和侮辱，又由于传统的生养观念的压力，她不能不到处"借种"，不仅被迫乱伦，也被自己不喜欢的人糟蹋、凌辱，乃至遭多人蹂躏。其间有几个孩子的"父亲"也是带有柔情的，尤其是她和最后生的一对双胞胎——金童、玉女——的"父亲"——牧师马洛亚，甚至可以说产生了一种温柔的爱情。但这种柔情随着牧师的惨死而很快就结束了。在动员寡妇结婚的运动中，她也曾犹豫过是否要和司马亭结婚，但由于孩子的不赞同也就马上不予考虑了。她一生没有幸福的婚姻，在嫁到上官家之后饱受丈夫和婆家虐待，刚刚收拾完孩子，两腿间还有淋漓的血，就被逼到毒日头下干活了。她在三十九岁就守寡了。在这之后，她的全部心力和关怀几乎就都在她的孩子身上了。在她被几个败兵轮奸之后，她曾经想过自杀，但对生命的热爱和对孩子的责任还是阻止了她。她热爱生命，热爱每个幼小的孩子，是她从婆婆手里救下了要被溺死的六女——甚至为此不惜说谎。

她不仅是"生"，也努力地"养"，尽管这"养"在那样的年代里又比"生"还要艰难得多。于是，在半个多世纪的漫长岁月里，在战争和饥馑不断的艰难岁月里，她不仅将自己的九个孩子都养大了，一个也没有早夭，还抚养过几乎所有的孙辈：沙枣花、司马凤和司马凰、鲁胜利、大哑和二哑、鹦鹉韩，甚至非自己女儿亲生的孩子司马粮。她会责骂长女说："你也算个娘？管生不管养，连畜生都不如……"对次女又将一个用旧军装包着的婴孩鲁胜利塞给她感到愤怒："你们生出来就往我这儿送，连狗都不如！"这时她还养着未成年的儿女，以及好几个孙辈呢：有上官领弟那两个极有可能都是哑巴的孩子，有上官招弟那两个疯疯癫癫的漂亮女孩，还有沙枣花和司马粮。她实在太累了。她躺在炕上，双乳疲惫地坍塌在肋骨上。而骂归骂，第二天早晨，孩子们发现，母亲正在训练那只白色的奶羊，给昨晚刚送来的、仰躺在簸箕里的上官盼弟的女儿喂奶。她的确也有点重男轻女，当生了八个女儿之后终于生了一个儿子，她先只是给金童喂奶，当马牧师把同胞所生的玉女递给母亲说："喂喂她吧，都是上帝赐给的，不能太偏心啊！"母亲红了脸，接过玉女。她也告诉女儿们说："金童是金子，你们起码也是银子！"

过度的生育的确也还是有点悲哀：似乎只是在以生命的数量抗衡死亡，而轻视了生命的质量，就像是"广种薄收"。而中国人在那个不幸的时代看来生也艰难，长也艰难，活也苦命。三姐"鸟仙"

就在庆祝抗战胜利狂欢的大街上生出了她和哑巴结合产下的两个男孩。“人群中，有一个穿着土黄色长袍的人慢慢爬起来。她跪在地上，从面前的土堆里扒出了跟她的袍子、跟大街上的一切同样颜色的东西。扒出一个，又扒出一个。他们发出了娃娃鱼一样的叫声。”而在仅仅几年之后的一次轰炸中，他们就被炸死了，“大哑的半个脑袋没有了，二哑的肚子上，有一个拳头大的窟窿”。有时和谁生也不是很重要，贞节在一个艰难时世中也不是很看重。不仅母亲如此，孙家的家长孙大姑，率领着五个哑巴孙子，哑巴们的父母好像从来就没存在过。

小说《蛙》主要是写计划生育。即便今天或已到了对这一国策需要做出根本调整的时候，我们大概也不能否认计划生育的最初动机以及所达到的客观效果，但是，它的实行看来还沿用了过去政治运动的某些残酷方式，比如强行拆屋、到处追逐、野蛮结扎、晚期引产等。尤其是晚期强迫引产，将已经在母腹中形成的生命，甚至即将临盆的生命强行结束，不仅给许多孕妇及家庭带来了灾难，而且是对生命的直接侵犯。小说中的主人公——作为妇科医生的姑姑，一生的工作先是接生，后来却是“断生”，到晚年她有了一种反省。她让作为泥塑艺术家的丈夫做了许多泥娃娃，将她引流过的那些婴儿，通过其手一一再现出来，用这种方式来弥补她心中的歉疚。而曾经因为被追逐引产而妻儿双亡的作家蝌蚪，则认识到哪怕是通过“精子代孕”而即将降生的孩子，也拥有生命的不可剥夺的权利。他在一封信中表达自己的心声说：“他的孕育与出生，尽管比一般的孩子要艰难曲折，而且今后，围绕着他的身份确认，很可能还会产生诸多棘手的问题，但正如我姑姑所说：只要出了‘锅门’，就是一条生命，他必将成为这个国家的一个合法的公民，并享受这个国家给予儿童的一切福利和权利，如果有麻烦，那是归我们这些让他出世的人来承担的，我们给予他的，除了爱，没有别的。”下面我们也就要谈到所有这些忍耐、责任和勇敢，归根结底是来自对生命的热爱，而这种热爱，也可以引导到对生命的更高期望。

三、生命的体面、尊严与精彩

虽然活命极其艰难，但还要努力让生命焕发出光彩。首先是要让肉体的生命活下去，还要让这生命尽量精彩，即不仅要活动物的命，还要活人的命；不仅要保证人身不受侵犯，提供充分的物质的生活资料让人们过上体面的生活，人还需要过有尊严的生活，还需要过具有充分情感和精神意蕴的生活。

我们可以观察《生死疲劳》中蓝脸坚持单干的理由。这些理由大致包括：希望自主地安排自己的生活和经济活动；要求一种诚实勤勉劳动的自由和光荣；也要求分给他土地的权力机构和领袖遵守自己的承诺；他也根据自己的人生经验得到这样的结论，即不认为把大家财产拢到一起，人们就能大公无私，就能齐心干好活计，过上好的生活。他也深信自己劳动得来的东西才是正当的，放到自己仓里的粮食也才是踏实可靠的。的确，他也有自己的梦想，如果没有合作化和人民公社运动，他的勤劳节俭和能干大概会使这个昔日的长工和孤儿，成为又一个致富的西门闹。他也相信有些东西不是某些组织和机构可以独占的。当村里的领导洪泰岳说：“你是走在人民公社的大街上……呼吸着人民公社的空气，还照着人民公社的阳光。”他回答说：“没有人民公社之前，这条大街就有，没有人民公社之前，就有空气和阳光。这些，是老天爷送给每个人、每个动物的，你们人民公社无权独占！”这已经有一些天赋基本人权的意味了。

当不仅东家留下的儿子和妻子离他而去，自己的亲生儿子蓝解放也加入了公社之后，蓝解放带着哭腔喊，“你一人单干下去，到底有什么意义？”蓝脸平静地说：“是没有什么意义了，我就是想图个清静，想自己做自己的主，不愿意被别人管着！”“就我一个人，谁也不需要，我不反共产党，更不反毛主席，我也不反人民公社，不反集体化，我就是喜欢一个人单干。天下乌鸦都是黑的，为什么不能有只白的？”他并不是要做一种政治的反抗，是一种全权的政治要给他的行为一种政治意义。当村里所有的人都为了毛主席的去世而哭泣的时候，他不动声色，提着镰刀，慢慢地站起来，说：“他死了，我还要活下去。地里的谷子该割了。”但他又悲愤地说：“最爱毛主席的，其实是我，不是你们这些孙子！”“毛主席啊——我也是您的子民啊——我的土地是您分给我的啊——我单干，是您给我的权利啊——”他大概不会太清楚这合作化和人民公社乃至“文化大革命”等一系列运动就是他最寄予希望的最高领袖发动的；不知道他能长期保持单干其实还只是来自一种概率极小的偶然性，即他正好碰到了几个还算通情达理的官员，否则这也是不可能的。而他的雇农身份也可能略微起一点保护他的作用。直到20世纪80年代重新分田单干，他眼泪汪汪地说：“我就是认一个死理：亲兄弟都要分家，一群杂姓人，硬捏合到一块儿，怎么好得了？没想到，这条死理被我认准了。”他说那之后的三年是他这辈子过得最好的日子，家里有三千多斤麦子，还有几百斤杂粮，就是三年颗粒不收，也饿不着他和他的妻子了。然而，他已经垂垂老矣，他不可能实现他更大的梦想了。

《丰乳肥臀》中的母亲也是意识到生命的尊严的，甚至即便是死去的生命，也还要有它的某种体面和尊严。当看到一个收尸队员举起铁钩子要来收集她丈夫的尸体时，她高喊着：别用钩子钩他呀！她把孩子塞到女儿怀里，号哭着扑到她丈夫的没头尸首边，尽管那丈夫生前老是虐待和打她。而活着的人，更要努力活出体面和尊严。母亲对孩子们说："这十几年里，上官家的人，像韭菜一样，一茬茬的死，一茬茬的发，有生就有死，死容易，活难，越难越要活。越不怕死越要挣扎着活。我要看到我的后代儿孙浮上水来那一天，你们都要给我争气！"她也要相貌长得像外国人的金童、玉女昂首挺胸地活着，对他们说："一点也不假，你们的亲爹是马牧师，这有什么？你给我把脸洗净，把头洗净，你到大街上挺着胸膛说去：我爹是瑞典牧师马洛亚，我是贵族的后代，比你们这些土鳖高贵！"

而母亲的八个女儿——来弟、招弟、领弟、想弟、盼弟、念弟、求弟和玉女——她们不仅都生着高挺的长鼻梁和洁白丰满的大耳朵——这也是她们的母亲最鲜明的相貌特征，她们也都有丰乳肥臀的家庭传统；她们似乎还有一个鲜明的共同精神特征，即不计功利、不计牺牲地追求爱情，一旦爱上谁，就任什么也不能阻挡——哪怕是自己的母亲，而母亲后来也理解到这一点，大度地接受孩子们的爱情和婚姻，说"人都是你们自己选的"，同时尽可能地予以保护。而且，这些女儿不仅自身美丽，还能辨别出对象的优秀。她们所追求的人不分政治立场，不分党派，但几乎无一例外地，都是他们所属人群中最优秀的，都是人群中的尖子。这些人或还有优劣高低，但都不是平庸之辈，都是"钻天的鹞子"。当母亲偶尔担心这些女婿"死不在炕上"，她的姑姑——她姑姑也是她家里的顶梁柱，一个久经磨炼的老女人——简捷地回答说："死在炕上的，多半是窝囊废！"

母亲的长女上官来弟，十八岁就穿着她的紫貂皮大衣，围着她的红狐狸，跟着黑驴鸟枪队队长沙月亮跑了。她一生的命运也最为坎坷，她经历过炮火硝烟、荣华富贵，也曾在战争的逃难中持枪护卫过全家。她在沙月亮很早就死了之后，和司马库也有过一夜狂欢，但解放后不得不嫁给残疾军人孙不言，后来则和从日本做劳工逃进深山老林多年后回来的鸟儿韩好上了。而在被发现后，她为保护自己的恋人将孙不言打死，自己也被判死刑。

而母亲的次女上官招弟一见到司马库之后就发疯般地爱上了他，她要嫁给司马库，当有人冷冷地告诫她司马库已经有了三个老婆时，她甚至决心做他的第四个老婆。母亲预感到上官来弟的故事很快就会重演，忧心忡忡地盯着女儿漆黑的眼睛里燃烧着的可怕的激情，和她那通红的不知羞耻地肿胀着的厚唇，心想，这哪里是个十七岁的女孩？分明是头发了情的小母牛。但后来她是母亲的女儿中很早就死去的，在独立团打回的那天她就中弹命丧黄泉。

母亲的三女上官领弟则爱上了外村人鸟儿韩。但一开始，她是仇视他的。后来，她却迷上了他的大度、他的自由和他的技艺，当然还有他的爱情。当鸟儿韩被抓到日本之后，她也有点疯癫了，变成了“鸟仙”，后来在一次悬崖上学习飞行坠落而死。

五姐盼弟则也是疯狂地爱上了爆炸大队的政委蒋立人（后改名鲁立人、李杜），并跟着他矢志不渝地投入了革命。六姐念弟则爱上了美国飞行员巴比特，当巴比特被捕，她一定要跟着他坐监；当巴比特在战乱中失踪之后，她开始到处寻找她的黄毛夫婿巴比特。起初她压抑着嗓门，低声呼唤，生怕招来带枪的人。呼唤了一阵，回答她的只有凄凉的雨声，于是她便放开喉咙喊叫，泪如涌泉。她找了七天七夜，饿了吃几口野草，渴了喝几口溪水。最后在山洞中找到了巴比特，却被另一个引她去的女人引爆，三人一起被炸死。

四女想弟却还来不及展开她的爱情。当饥馑的时候，她看着全家活不下去了，于是将自己卖身给妓院。解放后，她带着自己藏在琵琶里的、多年积蓄下来的珠宝找回母亲家，路上却被具有阶级斗争的高度警惕眼光的干部识破，不仅财产被全部没收，后来又遭到在阶级斗争教育展览馆“现身说法”的残酷批斗。最后还有七女求弟，也是在饥荒时期被一白俄贵族老太太买去，改名乔其莎，毕业于省医学院，被打成右派后到农场劳动，在三年大饥荒期间饿死。她的爱情以及事业生活也没有展开，甚至饱受凌辱。

八女上官玉女生来失明，一直跟着母亲。她无比善良，很少说话，她爱美，但甚至不知道自己有多么漂亮。她在三年大饥荒时期感到非常愧疚，觉得自己拖累了母亲，于是决定投河自尽。作者写到她临死的场景十分动情并寄托以美好的希望：

> 你二十年里沉默寡言，心中长存着愧疚，饭不吃饱你认为自己是家中的拖累，衣不穿新大家认为你分不清新旧。其实盲人也有爱美之心，你心里有我们凡夫俗子看不见的风景。你走在这条演出过数不清的悲喜剧的胡同里，历史的味道扑鼻而来，历史的声音如浪涛涌起。
>
> 八姐神秘，与几十年前从滔滔的洪水中坐瓮漂来的白衣盲目女人有相似之处。那个女人繁衍了司马亭、司马库这样的古怪新奇的后代，她坐瓮漂来，又乘风而去，活不见人，死不见尸，身世如同死谜，何人能猜破？谁也猜不破。她仔细地、小心翼翼地倾听着阳光落水的飒飒声，生怕惊破春水的梦。她静悄悄地蹲在水边，将十指纤纤的素手浸入水中，感受着水的温存与严肃，水的哀矜与苍凉。八姐低唱着，脱下了身上单薄的衣衫，悬挂在堤边的柳枝上。她的美丽的身体倾国倾城。八姐的美丽多半与杂种有关。八姐的美是未经雕琢、自然天成的，她不懂得梳妆打扮，更不解搔首弄姿，她是南极最高峰上未被污染的一块雪。雪肌玉肤，冰清玉洁，真正的，不掺假的。然后她就

哼唱着小调，一步步地向河水深处走去。河水渐渐淹没了你的腿，淹没了你的脐，淹没了你的双乳，鱼儿欢快又感动地啄着你的乳头，你的双乳照亮了幽暗的水面。水淹没了你的双肩，缭乱了你的长发，你继续往前走，然后你就突然华丽地消逝了。在水下你看到了人世间难见的奇景，披红挂彩的鱼群为迎接你的到来翩翩起舞，繁茂的水草款款摇摆，河底摆开了十里长的盛宴，琼浆玉液，山珍海馐，香气一直流到海洋，海洋一片馥郁富饶的香气。

她也值得人们如此动情，她是一位玉女，也是一位圣女，而且神秘。尽管她就像母亲所哀伤的："孩啊，你这一辈子，连芝麻粒那么大的一点福都没享到哇……"

人们，或至少一部分人会去追求生命的精彩。而女人们可能更多地去追求爱情，男人们则更多地去追求事业。我们下面将主要观察在《丰乳肥臀》里的两个男人，两个似乎是处在两极、正好形成对照的人物，一个是大栏镇的首富"福生堂"的二掌柜司马库，他后来担任过抗日别动大队的司令，也是国民党支队的首领。他一生强悍，吸引了无数女人。他被捕后跳河逃脱，但又因亲人被抓拷打而出来自首，最后被公审枪毙。另一个则是母亲最后生育，也是唯一的儿子司马金童，他一生懦弱，且患有恋乳癖。尽管他也相貌堂堂，但却没有一个真正的爱人，且被污为"奸尸犯"判刑多年，出狱后遇上市场经济大潮，又遭利用，被骗，被视作精神病，晚年在安葬母亲后准备到教堂去做一个清扫工。

司马库的爷爷是最早在大栏镇一带定居的人，而其奶奶则有一种神秘的色彩，是一位从河流坐瓮漂下来、谁也听不懂她说出来的话的美丽盲女。司马库的哥哥性格相当温和，忍耐、小心、谨慎，甚至有点懦弱，但也还善于大度周旋，作为全镇的首富，做过镇长、维持会长，负责收尸，还随担架队支援过解放军的淮海战役，立过大功。而司马库的性格却与其兄非常不同，他大胆，敢于冒险，枪法奇准，敢作敢为，也敢作敢当。他喜欢新鲜玩意儿，最早尝试使用自行车、电焊机、电影机、风力磨坊，并冒险学习滑翔飞行。与其说他是热爱生命，不如说他是热爱生命的精彩，而为了这精彩，他甚至不惜轻掷生命。他娶了三房姨太太，后来又有了招弟，却还不时“偷食”，包括和其大姨来弟的疯狂一夜偷欢，而相好的女人们即便常常知道这一点，也还是接受或不得不忍受。他自称自己对每一个和他好的女人都是“真心”，只不过也经常“分心”，并且不掩饰他有这个毛病。不过，为了女人们，他也是能够承担。当招弟被打死之后，他托着她的尸体，可以逃跑也不逃跑。他欣赏女人，但出语下流，连对监管他的女公安也敢出言调戏，他被枪毙前最后的遗言丝毫也不带政治性，而是大叫“女人是好东西啊”。这大概也是他的一贯心声，他此前就说过：“女人是好东西，是宝中之宝，贵中之贵。”

司马库看来不怎么喜欢人的“中不溜儿”，当司马粮问第一次被捕时的司马库：“爹，他们会枪毙你吗？”司马库侧目望望混浊的河水，说：“你爹吃亏就吃在心慈手软上。你小子记着，要做恶人就得铁石心肠，杀人不眨眼。要做善人走路也要低着头，别踩死蚂蚁。最不要的是做蝙蝠，说鸟不是鸟，说兽不是兽。你记住了吗？”他不怜惜人的生命——不论自己还是他人的生命。但当他的手下要杀死一个民兵队长的妻子凑够杀人的数量时，他还是说：“别凑数，该杀的就杀，不该杀的别杀。”他有时像是胡闹一样地作战，比如在桥上布火龙阵来对付日本人；但有时也真刀实枪地成功，比如他破坏铁桥颠覆了一辆日本军列。而日本人的报复就是杀死了他的亲人共十九人并枭首示众。他第一次逃脱后，多次被围捕都能逃脱，但是，当听说他的岳母一家人，包括几个孩子，还有兄弟，被吊打之后，他虽然明知是设局，但还是出来自首。

当他第一次被抓要押过河时，母亲就说："都收拾收拾，去送送这个人吧，他是混蛋，也是条好汉。这样的人，从前的岁月里，隔上十年八年就会出一个，今后，怕是要绝种了。"这一"绝种"大概就像维斯康蒂的《豹》中所说的一样。母亲在公审大会上也不让司马粮哭，说让司马库顺利办完他自己最后的事情。司马库其实也常常表现得残忍和冷酷，或者胡闹和恶作剧，但有些事情还是决不肯做。比如失信，比如蝇营苟且；也许正是因为这样一点，使女公安敢给他一把刀子让他临刑前一晚刮完自己的胡子。司马库接住刀子问："你难道不怕我行凶、逃跑、自杀？"女公安笑着说："那样你就不是司马库了！"司马库感叹道："想不到最理解我的，还是一个女人！"他虽然有他生命的精彩，但归根结底还是一个悲剧性的人物。

司马库的儿子司马粮的身上也还有他的一些影子。他幼年就表现得相当机警。在土改斗争大会上，当听到可能要判他死刑，他即伏地爬行溜走，自己谋生，后来又回到母亲家里。而在埋葬了司马库的第二天晚上，他再次失踪，在多年之后，作为韩国富商回来。虽然花天酒地，惹是生非，但一方面生存能力极强，另一方面对死亡却也是毫不畏惧。当执着地爱他的沙枣花在酒店高层房间向他求婚不成，要以死明志，跳楼之后，他撑开一把不知哪个女人遗忘在房间里的遮阳花伞竟也跟着跳下。沙枣花不幸摔在水泥地上死了。而他却幸运地落在楼下一棵法桐的树冠上，又漏出砸在冬青树丛上而没死。

与司马库父子的性格形成鲜明对照的上官金童，其最辉煌，但也很短暂的一段时间只是在他读中学期间，那时由于他大姐被迫与残疾军人结婚了，出身变好了，在学校里受到重视，学业突飞猛进，成为初中部最优秀的学生。他回忆说："那些日子是我一生中最黄金的岁月，我有一个最革命的家庭，我有一个最聪明的头脑，我有健康的体魄、令女同学不敢正眼观看的相貌。”但是由于后来的家庭变故，他失去了这一革命光环，后被开除学籍，到农场劳动，又被一独身大龄的女农场场长青龙萍看中，非要让他变成男人，只是到最后青龙萍绝望自杀的一刻，他才真正遂其心愿，而他也因此变成了“奸尸犯”，被判刑十五年。

上官金童出狱时已经到了80年代的第一个春天，他坐在汽车站候车大厅的一个不被人注意的角落里，等待着开往高密东北乡首府大栏镇的公共汽车。他心想，在这个人世上，自己已经活了四十二年了，可这四十二年里，却过得非常糟糕，非常龌龊，连自己都感到可怜、恶心。他浸泡在一种迟暮的感觉里，“那怅惘的、伟大的空旷感无限地展开了。他觉得自己就像一株在碱土荒原上枯萎了的茅草，悄悄地生，悄悄地长，现在正在悄悄地死去”。他早年不能适应“革命”，出狱之后也不再能适应“市场”。他多次被利用，被欺骗，甚至被骗结婚，又被视为精神病人，在精神病院里整治了三年。母亲和其他亲人们也改变不了他，挽救不了他，最后他看来还是孑身一人，穷愁潦倒，一事无成。

母亲曾经用挑战的、发狂的声调刺激他说：“你给我有点出息吧……我已经不需要一个永远长不大的儿子，我要的是像司马库一样、像鸟儿韩一样能给我闯出祸来的儿子，我要一个真正站着撒尿的男人！”但是，金童似乎是一个永远长不大的孩子。他没有办法。在一个阶级斗争的年代里，他是一个失败者；在一个功利竞争的世界里，他看来还是一个窝囊废。但他的确无比善良，无比忍让，他从来没有伤害过谁，他无怨言地被人利用，遭人践踏。但他会不会是一个如同陀思妥耶夫斯基《白痴》中梅诗金公爵一样的圣洁人物，尽管这样的人在现代世界注定难逃“白痴”或“窝囊废”、“精神病”

的命运？

虽然市场在让人们自主地安排自己的经济活动与生活方面具有一种道德性，但如果人们的物欲过于张扬，就像《丰乳肥臀》中所说："大家都两眼发红，直奔一个钱字！"生命的精彩也必将受到金钱的侵蚀。这时的确不再有直接的"合法"剥夺生命（计划生育中的晚期强行引产可能是唯一的例外），也不再有使人们大规模饿死的饥馑，但生命也可能萎缩成了仅仅是一种满足物欲的经济活动，甚至刺激出种种贪腐、欺诈、盗劫等不道德的行径。这时也不仅还有权力的横行和贪婪，还有逼着高龄母亲搬走的拆迁，还有要挖出老人尸体的野蛮，人与人的关系也在金钱欲望的腐蚀下变得冷漠。如果说上官家的第一代主要是饱受战争之苦，第二代主要是饱受饥馑和运动之苦，那么，第三代不再遇到这些直接剥夺人的生命的灾难了，几乎再没有饥饿而死，战乱而死和运动的整死和斗死了，但他们照旧说不上幸福。像鲁立人和上官盼弟的女儿鲁胜利，不仅做了大栏市工商银行的行长，后来还做了大栏市的市长。但在上面的靠山不再能保护她之后，她因贪污受贿被判死刑。被捕之前，她看着自己房间壁橱堆满了的人民币，这时似才有所悔悟，呷了一口酒自语道："钱是人世间最脏的东西，怪不得大人物都不摸钱。其实我也可以不摸钱了，十年里，我难道还用钱买过什么东西吗？没有，没有。"而沙枣花自杀，鹦鹉韩也因诈骗被判刑，司马粮惹事后逃匿，不知所终。

* * *

《丰乳肥臀》几次写到了教堂及其钟声。一次是母亲在生了第七个女儿之后，被丈夫打伤，伤口腐烂化脓，散发着恶臭。她自觉不久于人世，便搬到西厢房里去居住。"有一天凌晨，教堂的钟声，把她从迷朦中唤醒。……那嗡嗡的、青铜色的美丽声音，震荡着她的灵魂，在她的心里，激起一圈圈涟漪。我为什么一直听不到这声音呢？是什么东西堵塞了我的耳朵？她沉思默想着，身上的痛苦渐渐被忘却了。直到几匹老鼠爬到她身上啮咬她的皮肉时，她才从冥想中解脱出来。”“母亲拄着拐棍，拖着腐烂的下体，一步一步的，像攀登漫漫天堂路一样，走进了教堂的大门。”她在遇到牧师马洛亚之后重新焕发了生机。而上官金童在掩埋了母亲的遗体之后心里也默念道：“娘啊娘，我这个不争气的儿子，可把您害苦了。儿要把风烛残年献给上帝，我那同父异母的哥哥已在教堂里给我谋了个差事，他让我负责清扫卫生，看守门户，定期挖露天厕所，把那些秽物担到老百姓的菜地里。娘，这是我最好的归宿……”而他是否也能焕发生机呢？

后来作者写道：“在创作《丰乳肥臀》时，我去过两次教堂。小说中的上官金童也去过两次教堂，他在走投无路时，投向了上帝的怀抱。我不是基督徒，但我对人类的前途满怀着忧虑，我盼望着自己的灵魂能够得到救赎。我尊重每一个有信仰的人，我鄙视把自己的信仰强加给别人的人。我希望用自己的书表现出一种寻求救赎的意识，人世充满痛苦和迷茫，犹如黑暗的大海，但理想犹如一线光明在黑暗中闪烁。”

个人总会死亡，留下记忆或就是试图抓住永恒的一种形式，或者说是追求永恒的一种生活方式。当然，我们现在所能谈的还只是作为人类的记忆。这种记忆首先意味着记住过去的苦难，如此或能防止我们再给自己和同类制造同样的苦难，甚至创造和保有一种比较美好的生活。但人类也会灭亡，在这之上和之后是否还有永恒的记忆？这或许是我们现在所不能知道的。但无论如何，我们一生下来，就要努力地活下去，再怎样艰难也要活下去。也许我们面对连绵而来的痛苦已经有些麻木，也许我们甚至不敢再对幸福抱有希望，视野所及看不到任何有希望的前景，但我们还是要极其坚韧地活下去。我们努力活下去，我们活过来了，熬过来了，我们还要记住，我们是怎样活过来的，我们为这种活过来付出了怎样的代价。我们最好不要让我们的后代也这样活过来，尽管这是对我们自己生命的最大历练。我们不只是要让肉身活着，还要有体面地活着，有尊严地活着，有精神地活着。而我们也许只有努力记住过去，尤其是记住刚过去的百年的经验教训，才能开创一个相对美好的未来。

六零后

寻求永恒的最初那一段路程

——《遗弃》修订版代序

薛忆沩的长篇小说《遗弃》的主人公是生活在 20 世纪 80 年代中的一个年轻人图林。图林是一个“自愿失业者”“业余哲学家”，全书就由图林一年的日记构成（但从 9 月初到接近年底的三个多月的日记被处理成隐居写作哲学史而缺）。作为一个“例外”中的“例外”，他突然陷入了存在的困境：他“遗弃”了自己的工作，发现了世界的“混乱”，挣扎在崩溃的边缘，“消失”似乎成了他唯一的出路。在这一年里，图林自动从公务员的岗位退职了，他久病不愈的外公去世了，他以前的上司、一位处长也可能死了，最后他当兵的弟弟也死了。他异地的女友先是怀了一个“别人”的孩子，后是嫁了另一个“别人”。他好像诸事都失败了，他缺少钱这一“流动性”，也许只除了一件事：他在心灵的路上走了很远。而他走的路是一条很少人走的路，他进的是窄门。

我想借鉴作者后来一篇小说的篇名来描述《遗弃》，将其精神主旨称为“寻求永恒的最初那一段旅程”。这不仅是指它是一个年轻人写的，其主人公也是青年，而这一青春的年龄段虽然离常常引发永恒问题的死亡最远，却常常是那些敏锐地意识到死亡那一幢幢黑影并隐秘地渴望着永恒的人们的最初年龄段；而且，“最初”在本文中还具有一种实质性的思想意义，即其中所达到的世界与我的互弃关系的思考、世界混乱无聊的感受也呈现出寻求永恒的最初路程。

在写作中追求完美

《遗弃》首先是一部你看了会觉得作者是注定会执着地写下去的作品。写作是他的命运，哪怕这其间会有中断，但他一定还是会回到这条路上来。作者的写作态度也是极其虔诚，甚至将写作视作一种信仰，一种拯救。他在写作中也是力求一种完美，一种永恒，或至少是一种长时段。他探询各种各样写作的可能性，对自己的成名作品也还是总不满足，不断重写，不断修改，似乎只要一阅读自己的旧作，就会意识到继续完美的各种可能性。不仅《遗弃》与《不肯离开的海豚》这两部早年作品被改写，像《出租车司机》这样给人觉得几乎"无可增减"的作品也还是有新的改动。

《遗弃》中的主人公如此理解他自己的写作，看来也表明了作者对写作的基本看法："写作可以让一切的不可能变成可能。它没有边界，或者说它仅仅以语言为边界。而现实是一堵墙，一堵不断挤压生命的墙。它冷漠无比，它会让许多的可能变成不可能。"换言之，写作也是一种对世界的回答。"这种回答当然没有灾难和暴力的回答那么粗暴、那么武断、那么不讲道理。写作是一种试探，对生活的试探，对语言的试探。它不仅给出了一种回答，它还暗示存在着无数种其它的回答，可能的回答。"所以，图林宣称："写作是创造，是在寂寞中的爆发。我相信有一天，我会对笛卡儿再做一次修正。我会自豪地向世界宣布：'我写作故我在'。"

写作和他的生活世界究竟是一种什么关系，这是一个长期困扰图林的问题。一方面，他肯定"我的写作"纯属虚构，另一方面，他又相信它同样是一个业余哲学家关于生活的见证的一部分。"虚构如何见证生活，这显然是一个重大的哲学问题。这是三千年来的哲学所忽视的重大问题。”“我的生命是不自由的。我也不奢望自由。我的口号不是‘自由万岁！’，而是‘写作万岁！’。”写作就变成了一种生活，甚至是生活的主要部分。

这种写作是一种内心的需要，它“不可能让我银行账号上的余额朝正确的方向改变”，也不一定有发表或流行的运气而获得名声，甚至自己还会怀疑自己的写作天赋。但真正的作者却不可能不写，甚至也不可能用任何其他的方式写，而只能用自己的独特的方式来写。图林还尤其迷恋书面语言。他说："我深信，口语是这个世界混乱的根源。也许对英语我会宽容一些，因为我刚好能够听懂。而对法语、西班牙语、意大利语、日语或者越南语，也许就更能容忍，因为它们对我就好像是噪声，我根本就听不懂。书面语言也同样是混乱的根源，但是它给了我充足的时间，让我可以从容地剔除其中那些可能引起混乱的因素。如果说书面语言是缓慢移动的白云，口语则是暴风骤雨。我脆弱的心灵越来越经受不起那种剧烈的风吹雨打。我宁愿永远躲在书面语言的角落，用文字而不是声音来表达自己的感受。”于是，一个在谈话中言辞吝啬的人却可能在文字中喋喋不休，一个在直接交往中沉默的人却可能在日记中完全打开自己。

但是，真正走上写作这条路的人其实要面对常人遇不到的许多挑战，尤其在今天这个时代，又尤其对一个不仅是写作者、还是思想者的人来说，就更是如此了。写作对他不仅是“生活的证词”，也表达思想。但是，在写作与思想之间总是可能存在着一种紧张。“在思想极度混乱的时候，写作也许是一种治疗。但是，混乱又会使写作难于开始。……‘有写作的需要却又无法写作’”，或者，写作无法清晰地表达自己的思想，混乱的思想也经常地搅乱写作，这是要经常面对的一个矛盾。

但是，更为根本的矛盾是写作与一种追求永恒、彻底与无限的思想的矛盾。在图林看来，人在死的时候，应该将属于他的一切通通带走，包括他的“名”，包括对他的记忆。否则，他的死就是不完整的和不彻底的。“虽死犹生”既是对死的歪曲，也是对生的戏弄。它是荒诞的人生可能经历的最后的荒诞。但是，写作却可能与之冲突。写作有可能导致写作者出名，而出名的写作者当然不可能完整彻底地死去。于是，这就成了一个珍视“彻底的”死亡的写作者面临的困境。不过，他可能没有办法，还是必定要写作，因为，这种写作对他甚至是一种生理的需要，也是生存的需要。写作是死亡在逼近自身的过程中必须克服的障碍。“我还能写作，还在写作，还要写作。写作可以使我的身体和精神都得到短暂的满足。它是我不可或缺的生理需求。写作也能够带给我‘升华’的体验，让我发现时间，进入时间，成为时间。”

作者后来在一次对话中谈道：“我是一个居住在书面语言里面的人。大量的阅读与少量的写作一直就是我的生活，不管我地理地‘居住’在哪里。阅读的质量与写作的质量就是我的‘生活的质量’。”他还谈道：“我对写作要求过高。高处不胜寒。语言问题被我当成是一个道德问题，或者是我面对的最大的道德问题。”当然，他也还有一种自信。他在新的世纪里远走他乡，处在非汉语的环境中，但他还是深信，他的汉语仍然能够“触及灵魂”。

图林在谈到他羡慕塞林格的离群索居时写道：“我们都想逃离，我们又都在‘守望’。我们在没有希望的田野上‘守望’着百孔千疮的纯洁和奄奄一息的童贞。这‘守望’是最后的牧歌，是最惨的绝唱。”今天可能是一个最深刻的思想和美隐退的时代。虽然薛忆沩的作品或许不会太流行，喜欢它的人不会太多，但一旦喜欢上却可能会很喜欢。因为它还是保留了一种东西，喜欢它的人或也将加入为一种隐退的思想与文字之美的“守望者”之列。

时代与永恒的纠结

永恒是对一种无限，或者说时间无限的渴望。但它又时常和有限的时代纠结在一起。甚至我们可以说，恰恰是和时代、和此生、和社会乃至和政治联系在一起的永恒渴望，才真正是属人的渴望，或者说是人的全面渴望。如果不想脱离人来讨论永恒，那也就意味着不能脱离时代来讨论永恒。而我们在《遗弃》中，的确也可以看到主人公和时代的纠结，这也是他和世界的纠结，和体制的纠结。

图林如此思考体制及他在体制中的地位：在这一体制中，政治是根本，权力是实体，而法律只是一个名义或外衣，甚至只是一件“皇帝的新装”。个人在这一体制里没有意义。一个人根本就不理解也不可能理解自己每天都参与其中的庞大计划。他只是办公室里的一件物品，就像一把椅子，自己没有行动的能力，却可以被其他人“看不见的手”随意搬动。服从是他的天职，忠诚是他的义务。他为这个体制工作，在工作中受蒙骗，又用工作去蒙骗。他所获的工资甚至也可说是不义之财，因为他的劳动不仅毫无意义，还是对资源的浪费，对发展的阻碍。

这种思考还不仅限于政治的领域，还涉及社会的更广大范畴，涉及个人与集体的关系。他痛感人们对一切都没有信心。欺骗成了新的社会规范，新的生活技能。体制只能用欺骗来维持住它脆弱的稳定。而人与人之间，欺骗也蔚然成风。而生活中的美和活力却消失殆尽。比如说，哪怕天降大雪，同事们也很可能不会去打雪仗。他们习惯了办公室的悠闲。他们害怕出汗。出汗好像是对他们“个人利益”的侵犯。但他们真的有“个人利益”吗？他们可能连“个人”都不是。非“个人”的特征在他们出生的那一天就已经被决定了。

体制是他们的母亲，它分给他们的乳汁不会让他们吃饱，也不会让他们饿死。这种特殊的营养模式让他们对特殊的母亲产生了特殊的依赖，也让他们对特殊的集体产生了特殊的依赖。尽管他们不是“个人”，他们却还是没有忘记去贪图个人的蝇头小利。在不可能“多得”的庞大计划经济体制里，避免“多劳”成了他们的共同选择。人们生活在无数的计划之中，但究竟是谁在计划我们的生活？最初的计划是谁制订的？最后又是谁取消了计划？是谁让计划落空？是谁让计划实现？是谁计划了我们无法改变的命运？对这种种问题人们都不清楚，却又盲目地接受了体制的安排。图林说他如此冒犯地思考体制是因为他思考的是“人”，普遍的人，而不是体制的奴隶。这个普遍的人困惑地活着，拒绝接受体制强加给他的所有假象。他知道死亡是绝对的真理，他知道“明天”很值得怀疑。显然，在此这种对体制的思考和批判不仅是单纯社会政治的，还有立足于生命与永恒的意义。正是这类对体制的思考和批判导致了他最终做出退职的决定。

但是，对他所在社会体制的批判并不意味着大洋的另一面就是天堂。对西方的一味赞美其实也不那么靠谱。图林写到一位到美国访问的中国哲学教授I-See的信中总是洋溢着对美国的赞美。他赞美美国的经济繁荣和思想自由，也赞美美国清新的空气和方便的生活。而图林希望哲学的批判精神能够让I-See看到那个“超级大国”的阴暗面。图林也像他的朋友韦之那样，总是在固定的时段收听“美国之音”的新闻和时事分析。他觉得这些新闻和分析要比这边的新闻和分析冷静和客观，但是，其中也包含另外那种制度的偏见。他批评那些激烈批评本国体制而出国寻求成功的艺术家，说他们只能在“那里”成功，而不能在“这里”成功，这本身就很荒诞。而根本的是，那些艺术家和I-See一样，他们都想向“人”(特别是他们的敌人）证明什么。这是他们的“不自由”。他们没有对死亡的敬意和畏惧。这就是他们与“以死亡为出发点”的业余哲学家的差距。

然而，图林自己的退职其实也只是退出直接的政治领域而并不可能退出社会领域，他不要体制的供养，但又还没有真正经济上的独立。他积攒的钱只勉强够他生活一年，他还得住在并不理解他的亲人的家里。所以，当处长说：“退职之后，你不还是只能依靠你的父母吗？！”这句话真正刺痛了他。而当他回答I-See的问题：“你没有想到过一个人应该对社会做点贡献吗？”虽然他说他辞职就是对社会的贡献，但是，他同样难以面对I-See的反问：“可是，你这么大了，还要父母来负担，总不是一件很光彩的事吧？！”他为此甚至憎恶自己，憎恶自己无法理直气壮地面对这一点。他非常清楚，他的反抗可能只意味着转换了“混下去”的方式。他可以摆脱荒诞的体制，却无法离开混乱的世界。他一方面说：“‘遗弃’公职只是我一系列的‘遗弃’的开始。我这一段的生活是由不断的‘遗弃’构成的。”但另一方面又深切地感到：“我究竟能够在这样的生存状态下存在多久？”这个问题不仅令人困惑，甚至恐惧，因为不可能有再一次的“遗弃”，因为他不再有什么可以“遗弃”。

他感到相当失望，甚至绝望，不仅对他人，甚至也对自己。他想：“虽然我不知道生命有什么意义，却仍然相信生命的意义。”遗憾的是，这种“相信”并竞争是生活和心理的逻辑。“正常”的人都过别人的生活，都为别人（准确地说是为“超过别人”）而活着。上帝死掉之后，人就变成了庸人。也许这就是一种现象学意义上的“还原”，因为“人就是庸人，人都是庸人，人只是庸人”。所以，他说他自己其实也不会出去和人打雪仗，虽然这不去的原因和他的同事不一样。他不去是因为他可能整个就不喜欢参加与他人在一起进行的集体活动。幼时的冬天，他总是趴在窗口看邻居的孩子们在雪地里游戏，却不想加入他们，害怕成为他们中的一员。但他自己是不是也还是庸人？他是不是还得乖乖地回来？今天的世界已经走到了“现代”，尼采说：上帝死了。那么人还能活多久？绝望的确是来自现实与永恒的比照，那么希望呢，是否也能来自有限存在物对永恒的渴求与观照？

放弃世界以追求永恒

《遗弃》的首页题词是图林的话：“世界遗弃了我，我试图遗弃世界。”这就是主人公所理解的世界与我的基本关系，即一种互弃的关系。在此的“世界”就是“非我”的一切，不仅是物的世界，也是人的世界，甚至就主要是人的生活世界，是所有的物也都打上了人的印迹的世界。“世界遗弃了我”，这是我的感受，是我对一种我感觉已经发生了的事实的感受。这是一种世界观，我在一种它与我的关系中观察这世界。而“我试图遗弃这世界”是我的意志，我的努力，我的决定，我不一定真的能够遗弃这世界，但我正在努力尝试这样做。所以，后一种遗弃是一种自我放弃，自我放逐。即首先他觉得这个世界遗弃了他，所以他也来遗弃这世界。这可能是他最初的，也可能是他最后的一个主动行为，他要努力保持他作为主体的残留可能性。放弃世界是为了赢得永恒，放弃空间是为了赢得时间，故必须舍得。放弃世界或正是追求永恒的第一步。

图林觉得，这个世界是一个没有意义的、混乱的世界。这个世界没有赋予他生命的意义，或者说没有让他感到生命有什么意义。这里最重要的原因自然是死亡，如果说死亡就意味着一切的虚无，它就使这个世界成为一个没有永恒、没有灵魂不朽、看不到生命意义的世界。如果不知道死亡的真实含义，也就看不到生命的真实含义。他说他没有办法让自己停止关于死亡的思考。死亡因为与混乱的关系而有意义。死亡既可能是混乱的原因，也可能是混乱的结果。前者如一位大公的遇刺导致了一场长达四年的世界大战；后者如一个国家长达十年的动乱加速了“红太阳”的陨落。他说，他不知道是世界的混乱引起了头脑的混乱还是头脑的混乱引起了世界的混乱，但是他知道制止混乱的努力总是带来了更大的混乱，战争和凯恩斯主义都是这方面的例证。他不能去制止也不想去制止头脑的混乱，觉得黑夜深不可测……死亡深不可测……图林从不锻炼身体。他对寿命的长度没有幻想。他对死亡的恐惧是纯粹的恐惧，绝对的恐惧。这种恐惧让他不相信自己可以推迟死亡的到来，或者有必要推迟死亡的到来。他说我们的死亡是由已经死去的上帝决定的。我们对它只能等待。我们所有的等待都是对它的等待。

因为有死亡的存在，世人许多的活动和竞争就显得可笑了，比如说让多少人艳羡的成功。在图林讥讽的眼光看来，人为什么一定要做成什么事？形形色色的成就也许正好就是构成混乱世界的要素。五花八门的成功也许正好就是混乱的根源。混乱的世界中挤满了欲壑难填的个人，匆匆忙忙的个人，成功或者奢望成功的个人。而且，世界上的一切好像都是重复的。人生是重复的，绝大多数人过的都是别人的生活。甚至时间也只能通过“重复”而被感知和认知。重复赋予时间美感和价值。日历将我们的生活重复地切断，这样，去年的今天，前年的今天，历史上的今天，等等，突然变成了能够重返世界的阴魂，都与今天发生了联系；这样，人们总是在过同样的节日，并且要过一辈子的“生日”。绝大多数的人都可有可无。他们出生，他们活着，他们死去……他们是毫无意义的重复。那么，有没有走出重复的可能？有没有可能在死之前就“消失”？他甚至生硬地说："谁都不应该来到这混乱的世界。"我为什么"会"有这一趟带来"失去"的旅行？

这样，图林考虑人这一存在其实就是这世界上的"迷茫的动物"了，"迷茫"是人的生命的本质。只有死亡能够终止迷茫。语言和行动都在加深我们的迷茫。的确，所有的其他动物都不会发问，只有人会发问，但发问也得不到解答，就只好继续迷茫。而可能更多的人还不发问，他们只是觉得无聊。《遗弃》中对"无聊"的范畴有一些讨论，或者说"聊"了一下这"无聊"。人们害怕这"无聊"就积极活动，于是造成冲突。作者在他另一篇小说《不肯离去的海豚》中写到，当主人公 X 和他的妻子在一次航行中被自然美景深深打动的时候，他想到人们总是在试图改造人与人的关系，但是，每一种历史的进展最后都只是加剧了整个人类的堕落。X 对他的妻子说："人类生活中除了无聊就是冲突。"当他们跟着水泄不通的人流走出码头时，X 接着说："历史也是这样。无聊引起冲突，冲突又导致新的无聊。"当他说这些话的时候，他想起了 1968 年夏天他在故乡的河滩上见到的那些尸体。这又是时代与永恒、政治与上帝的一种纠结。

于是，图林试图主动地放弃这世界——既然他本来也就要被这世界所放弃，而他这样做至少可以证明他的一种主体性。同样面对世界的荒谬与混乱，薛忆沩笔下的主人公不是像萨特那样，——"无论如何，也要在这个世界上打赢"，也不是像加缪那样，诉诸一种西西弗斯似的悲剧英雄。图林试图主动放弃这世界，表现得对这个世界无动于衷。他不仅对这世界上的竞争、成功无动于衷，对一般的人们无动于衷，甚至对自己的亲人、朋友和恋人乃至对自己也无动于衷。

图林的父母是体制下长大的一辈。他蔑视一生都依赖和信任"组织"的父亲。这里面还有蔑视权威的成分。他说他蔑视的不仅仅是"我的父亲，而是所有的父亲：亲生的，继养的，修辞学意义上的……即蔑视象征着权威的‘父亲’这种身份”。他对母亲也几乎是忽视的，他说她受制于冷漠的体制，其记忆是被篡改的记忆。“她需要记忆从教科书里得知的光荣革命传统，而不能记忆与生活息息相关的家族历史。体制强加给她的信仰和教条剥夺了她已经通过遗传获得的叙述能力。她从来没有给我讲过一个有趣的故事。”

相形之下，图林对祖辈，尤其是民国范儿的外婆的感情倒要深一些，他还是感兴趣于她用记忆捍卫的革命之前的世界，说“那是永远也不会遗弃她的世界”。他会听她讲故事，虽然也常觉得她唠叨。他对去医院看外公也是非常冷淡的，甚至在外公死后有意逃避参加他的葬礼。

至于爱情，图林自承自己是“无法给人幸福的人”。因此，在挑选“女朋友”的时候，他首先想到的是她应该具备承受灾难的能力。他大学时代的恋人Z分配到了别处，她觉得他和她隔得越来越远，不仅是地理距离的远，更是心理距离的远。她在失望中和他终于分手了。而他也并不难受，甚至有如释重负的感觉，觉得自己不用说废话了。他对同学也没有兴趣，觉得不参加他们的聚会没有任何的遗憾。

图林所期望的人与人的关系或许是一种相互之间极其冷淡的关系，保持很大的距离，但也能保持相互的独立性。就像他看到一只鸽子飞落到他的窗台上，他想它并不需要我的走近，不需要我的关照。“走近”也是一种污染，一种对空间的污染，一种对自由的污染。他说我也不喜欢他人走近我，不管以什么名义——比如说“关心”，而“关心”也是一种污染。他觉得那种无人问津的死亡很了不起。他不去看生病住院的外公，觉得外公其实也不想人去看他，“病人需要探望大概只是健康人的幻觉，就像死人需要葬礼一样”。他说他若有这样的时候，也不希望有人坐在他床边。

图林对自己的行为也常持无所谓的态度。他走进了百货大楼，一边想那不是他的本意，一边还继续往里走，还上到了二层，又上到了三层，最后又上到了顶层；但什么也不想买，什么也不想看，只是不停地走着，无聊地走着。他路过一个电影院，从片名就知道电影很差劲，但觉得正对自己的心情，就买了一张票进去。他收到Z的来信，觉得太厚，就先不打开了，但他知道，如果信很薄，他还是会找到一个理由先不打开。

萨特《恶心》的主人公对世界的感觉是恶心，是直想呕吐。加缪《局外人》的主人公则是对他周围发生的事情无动于衷，甚至连对母亲的死也无动于衷，像是游离于这个世界的人。而这里是一切冷淡。图林不仅对一般的外界和他人表现冷淡，对自己的亲人、对自己的恋人也表现冷淡，甚至对自己也相当冷淡。到处弥漫出一种“无关性”，似乎一切都与“我”无关，一切都不重要。但这后面的确是有一种隐秘的重要性的，即其实有对思想、真理、永恒的关注。正是与它相比，其他的一切才失去了分量。对世界无动于衷是因为对永恒有动于衷。就像他有时会突然想起他的那些无所事事的同事。他们难道一辈子就那样过吗？难道那些死后火化的“珊瑚碎片”不会让他们恐惧吗？难道恐惧不会让他们想改变一下自己的生活方式吗？

图林也许是要把自己逼到绝境，让自己极其孤立，极其寂寞。因为他想也许在这种时候，“我”才是真实的存在。因为寂寞剥去了所有的伪装，将“我”暴露出来：那是赤裸裸的“我”，是无依无靠的“我”。但是，寂寞又是一种困境，它如一道屏障，可以将“我”与混乱的世界隔开；而它同时又如一种病毒，会迅速吞噬个人的耐心，在精神上造成更深的混乱。所以，当他看到一位年轻的母亲将她的孩子抱起来的时候，她充满母爱的动作让他有一阵很深的伤感。他逃避了外公的葬礼，但却感觉又经历了另一场更复杂的“葬礼”：我们的关系结束了，纯真丢失了。他想，“我们”也许无法逃避，也许永远都无法逃避。他突然觉得父亲也是一个“孤儿”，一个被他所热爱的体制遗弃的“孤儿”。他不理解一个“孤儿”为什么要躲避另一个“孤儿”。

相当奇特地，《遗弃》的初版是在1989年。1989年是一个注定要被人们多一些谈论和记忆的历史年份，对许多人来说，这往往是因为这一年发生的政治风波。但是，对没有那么多的一些人来说，在他们的心里，可能还有当年发生的另一些事件并不比那一政治风波次要，比如说一个年轻诗人海子于春暖花开的时候在山海关铁路卧轨自杀，又比如一个年轻作家薛忆沩写的《遗弃》在这一年的出版。今天我尊重它的新版，但也还怀念它的初版。因为那初版可能带着更多的“思想的原始悸动”的痕迹。我们的确可以看到20世纪80年代在中国流行的西方哲学对它的影响，其中可以辨认出的最明显的影响是存在主义的影响，但它主要还是发自自身生命的青春体验。

年轻人幽暗时分在茫茫的大地上摸索，没有多少先辈的智慧可以借鉴，他甚至觉得世界是黑漆漆的一片，但如果抬起一点头来，也许就能看见遥远的天边有一点依稀的光。感受到这世界的荒谬与无聊，但这只是第一步，还可以继续往前走。这种感受的确体现了一种追求无限的精神，是用一种永恒的标准来衡量这世界。而如果坚持这一精神，就一定还会前行，就一定不会放弃。而由于某些属人亦属灵的特性，到一定时候，我们在某些方面可能还是会与世界和解，我们在某些方面甚至还将“失而复得”，“弃而复归”。未来会不会如作者所言：“有一条伟大的河需要我们跨过。”但是，有没有一座伟大的桥呢？而我们自己能否建造这样一座桥？或者这座桥可能还是隐秘地存在，我们只是由于目前的精神盲点还看不到它？

“世纪末少年”的意识苏醒

——《不肯离去的海豚》序

阅读薛忆沩《不肯离去的海豚》，不仅本身有趣，或许还可以从中找到作者写作《遗弃》的一些答案。我这里主要是指这部他的早期微作品集中涉及少年意识苏醒的部分，特别是前面的一些篇章。对于20世纪80年代最富于哲理的一部文学作品为什么竟然是由一个年轻人写成的问题，自然可以在《遗弃》本身中就得到一些解答，作者在其中提到了许多西方哲学家的观念，看得出他阅读了大量的哲学著述，包括文学形式的哲学作品。这些阅读是一种必要的思想训练，但一定还要有一颗在直接生活中富于敏感和表达力的心，才足以解释这样一部作品的问世。

而现在我们从薛忆沩的这些早期作品中，的确看到了这样一颗敏感和颖悟的少年的心灵及其成长，其人在作品中经常是用X来标识。我们或可以发现或者区分其少年意识与敏感的三个层面：第一个层面是自然的和家庭的；第二个层面是社会和政治的；第三个层面是本体和永恒的。

自然和家庭的层面是最直接和感性的层面。在《搬家》一篇中，少年X谨小慎微的外公外婆由于是一场政治运动的受害者，在他出生的那一年，双双被开除了公职，被遣送回了自己的老家。现在他们的家又要从乡下搬回到城里去了，大人都感到高兴，孩子却难舍他从小熟稔的风景，他自己跑到河边去躺了整整一个下午，要大人在离开时按汽车喇叭叫他。但他后来突然发现村里变得很安静，一下就恐惧地想到他们是不是没叫他就先走了。他冲动地爬起来朝村里跑去。这也许是他第一次可能被“遗弃”的感觉。他向大人们表达保留一个乡村的家的愿望没有被理会。而他毕竟还是个孩子，对乡村的自然的、但也是未经比较的留恋，毕竟超不过对被人“遗弃”的恐惧。他还是比需要那“物”更需要那“人”。而“物”的世界其实也还是“人”的世界，有的是更多地与自我关联的世界，有的则是更多地与他人关联的世界。而儿童对“亲人”则更有一种依赖，就像在《推心置腹的交谈》一篇中，当父亲试图小心地和儿子谈他想再娶时，儿子直截了当地反问：“你为什么不可以跟我结婚呢？”并也许是头一次主动乖乖地去弹琴。《遗弃》中的主人公自愿脱离了公职，但也还是要和亲人生活在一起，而且屡次面对这样的质疑：“你不还是要靠父母养活？”这的确是他的一个软肋。

第二个层面是社会和政治的。孩子们有时也许能被家庭保护得较晚才接触到这一层面，但有时也可能很早就被社会政治强加。在《死去的与活着的》一篇中，九岁的X在自己生日的那一天，母亲因为高音喇叭里突然播出了紧急会议的通知而不能陪他一起过生日，那是“文革”中的1971年，正是典型的“政治运动的年代”——一个人不太可能正常地、有预期地安排他自己的活动的年代。于是X只好在家读他偶然找到的藏在旧衣服底下的旧书，他读到了一个皇帝借人为渲染的战争、刺客、欺骗、惩罚等手段除掉了自己的政敌的故事，就在那一天，他感觉自己“失去了自己的天真”。而母亲参加的那次紧急会议上的确传达了一份战争动员令。但那场“迫在眉睫的战争”其实并没有爆发。这里的省悟需要直接经验，而仅仅靠直接经验又是不够的，或者说是相当迟缓的。是阅读给孩子提供了其他人的经验，使他们超出了个人亲切而又狭小的直接经验领域，进入了一个远为广大的领域，他们于是开始变得能够与现实生活比较和印证。

无论如何，一个敏感的孩子总有一个时候会感觉到他必须自己去独立地寻求意义和答案了。在《突然显现出来的世界》中，一个少年看了自己去世的母亲最后买给他的童话，里面说到一个皇帝杀掉了一个公主，他问梦中的母亲这是为什么，母亲回答说是“因为她不够漂亮”；而皇帝的儿子又杀掉了他的父皇，母亲告诉他说这是“因为他太残暴”。孩子想，不够漂亮的公主被杀掉了，可是，皇帝并没有得到更漂亮的公主；残暴的皇帝又被杀掉了，可是，新皇帝比老皇帝还更残暴。那么，这些杀害到底有什么意义呢？这是一直困惑着他的问题。多少年来，他总是通过母亲来打量这个世界。或者对他来说，根本就没有“这个世界”，而只有他的母亲。他的母亲告诉他关于所有问题的答案。但这个少年现在激动地意识到，在他自己和这个世界之间已经没有他的母亲了。现在，他要开始自己打量这个“突然显现出来的世界”，要自己去寻找所有问题的答案。

然而，在社会政治之外或之上，最根本或者说永恒的意识和问题，还是涉及整个生命和死亡的。在人们脱离童稚、进入有明确自我意识的各个年龄段中，少年这一年龄段一般来说离真实的死亡最远，但它在意识上又离死亡最近，或许这是因为它是第一次接触、思考和追问死亡，而尚未受到世俗观念和日常生活压力的转移、压迫和污染。于是，生死问题就可能带着它全部的紧迫和恐惧突然降临到一个敏感的孩子的心灵。这类凸显生命问题的死亡有些是和社会政治相关的，比如书中几次谈到的 1968 年的童年在河流与河滩看到的许多尸体，包括幼小孩子的尸体。还有一些死亡则是和自然，包括偶然，相关的。在《逃学》中的两个少年 X 和“大眼睛”都说自己不想死，但在《游泳》中，“大眼睛”却还是早夭了。在开头的一个场景，“大眼睛”还在，他和三个一起逃学的同伴说他不去游泳了，因为他如果考得好，他爸爸会带他去游；而在第二个场景中，“大眼睛”已经不在。几个孩子议论起他的出事。X的目光中突然充满了疑惑和焦虑。他的同伴们问他为什么。他低声说：“我在想，那天幸亏他没有跟我们一起去。”同伴们迷惑不解。X接着说：“如果他去了，我们可能就都出事了。”他的意思也许是说，比他大胆的“大眼睛”如果去了，就可能成功地鼓动不谙水性的他往深处游，那就一切都不一样了。他深切地感受到生命的脆弱性与偶然性。

还有在《驿站》中，作者写到了一群人在乡间等候长途汽车时，听到了乡间风俗以放铳纪念死者的声音，不过，除了一个少年，“其他人很快就对那忧郁的风俗失去了兴趣。他们继续他们随意的交谈和不安的等待。只有那个少年还在细心地跟踪着那不断重复的噩耗。他不知道死后的世界是什么样子。他不知道他死了以后还会不会有人在这里等待从城里开来的长途汽车”。而对死后的关注与执着，其实也就是对永恒的关注和执着。一个关注永恒的人，不可能不是哲学的，甚至是宗教的。

在年轻人写年轻人的意义上，它们是属于青春的作品，可是，这是怎样的青春之作啊。它没有20世纪初“少年中国”氛围中的那种自愿结社的清新朦胧和充满希望，也没有20世纪50年代王蒙的小说《青春万岁》中的那种个人消融在集体中的单纯乐观和昂扬激奋，它也不是我们现在常常看到的“愤怒青年”对社会的激烈情绪和批判否定。它们是沉思的、反省的，独自的、隐秘的，是“世纪末少年”的意识觉醒。

为何失望，以及可以抱有何种期望？

——《与故土一拍两散》序

我最早读到王昭阳的文字，记得是本书中的第一篇《亚裔男之忿》，当时就欣赏其文字的生动和洗练，也认真思索其中提出的问题。后来陆续在《新世纪》杂志的专栏上读到他的系列文章，几乎篇篇都有亮眼之处，其间我们在我家见过一面。虽不敢谬托知己，但在认真拜读此书之后写成这篇序言，希望作者和读者将其视为一种也是释出我自己内心一些长久疑问的讨论和对话。

正像我们从书中最后一篇《制度与心》中富有感情的追忆看到的，王昭阳的祖父是20世纪中国著名的知识分子，合译马克思巨著《资本论》的学者王亚南。他的父母也都是当代有名望的高级知识分子。而他不仅是文化世家的子弟，本人也可以说“得天独厚”，在1982年二十岁的时候就去美国留学。他也很早就在让许多人艳羡的华尔街的投资公司干过，在浪漫的旧金山待过，经历过前些年美国经济发展最快的一段时间。然而，在美国求学和生活多年，他却对“美国梦”或者说“美国信仰”本身产生了深深的怀疑和失望，后来他多次在中、美两地来回，中国有些方面“趋美”或者说向现代化“趋同”的社会生活的变迁大概也是让他失望的。他曾经决定放弃绿卡，彻底回到中国，但过了几个月就觉得不行，终于只能将自己定位为昔日家国的“过客”。倒是他后来在苏联和欧洲等地的流浪和情感经历，使他精神上似乎重新有了一种苏醒和希望。

为什么失望?

为什么会发生这样一种变化?我其实也一直在思考这样的问题:为什么一些深入美国校园或社会的年轻中国学子,倒不像去那里的众多走马观花者或淘金者,对美国的主流社会和支配话语反而会感到深深的失望乃至信仰破灭,转而向别处寻求,而且又尤其是学文学或者有文学天赋的人容易发生这样的变化?这倒不仅是中国的学子如此,在西方,趋“左”的学者也是出身文学的居多。他们对美国的社会生活乃至体制,尤其是市场,持一种严厉批判的态度。诺齐克曾分析过为什么许多人文知识分子反对市场,他解释的原因是那些在校成绩优异的学生走向市场社会之后所感受到的挫折和失落。

这一解释可能有些简单化,虽然也可以视作其中的一个原因。而作者还不用等他走进美国社会,在美国的校园里他就已经感受到一种失落了。因为这里还要加上他特有的一种身份和追求,即作为一个青春“亚裔男”的身份和对爱情的特别向往。在刚来美国的时候,他“早已打定主意,绝不再回中国。对这个新的国家,我充满热忱与好奇”。那时候,他对美国是抱有一份“虔诚和真挚的心情”。“说心里话,有机会做美国人,让我欣喜若狂。”但一旦来到美国,原先在中国的优越条件已不再存在,仅仅会读书和智力高也不易得到女生的青睐。他在北京的时候早已情窦初开,虽然美国的同学之间都彬彬有礼,但他到美国后所“遐想过的美妙事情,在第一个星期,第一个月,第一个学期,甚至第二年,第三年,都没有发生”。而这对这样一个“青春男”来说可能是难于忍受的。于是,在“每个周末,每个假日,看着别人两口子亲亲热热,背着包去小火车站,我心中的煎熬和愤怒无以言表。我开始喜欢一个人坐在图书馆的地下室里读战争史，读毛泽东的书，并因之热血沸腾”。他说他渐渐对美国产生了“浓厚的敌意”，后来虽然在纽约期间也有过相知甚深的美国女友，在流浪欧洲之后也仍然回到美国生活，并归化入籍，但终究对美国的社会感到一种彻底的失望。

这失望的一个直接或主要起因或是因为性爱。但失望的内容却不仅于此，但究竟是在哪些方面呢？它是相当根本和彻底的失望，但大概也不是囊括一切的。首先大概不在自然环境是否受到污染甚或优美，居住、食物是否安全乃至充裕等物质生活条件，甚至于问题似乎也主要不在政治和经济的基本制度和状况。作者写道：“美国主要的问题，不是经济，或所谓‘民主不民主’；虽说发生了金融危机，尚待复苏。平心而言，美国的政府官员，地方警察和各级法院，还算通情达理；不常听说格外严重的舞弊情形。若是抱怨美国缺乏自由，未免吹毛求疵，钻牛角尖。”甚至政治意识形态也不是大的问题。作者说：“有时意识形态无可指责，但底色逐渐苍白萎缩；有时恰好相反，意识形态僵硬甚至黑暗，但社会的深处，暗藏着明快、晶莹和温暖。”如果我没有理解错的话，前者似乎是指美国，后者是指苏联。尽管作者的行文，似乎又处处显示出对美国社会生活和主流话语的整个否定，认为在美国并无真正的自由，那里的“自由”是个“恶毒的笑话”。他说：“我去了美国。然后便失却了对美国的信仰。我无法指明究竟是谁、哪个机构或组织剥夺了美国和我的自由。……无论如何，2001 年夏天，我终于溜出美国，窜到欧洲。这对我而言，无异于第二次解放。”

我们仔细读作者的叙述，问题看来主要是出在“感觉”，尤其是出在对“幸福”的感觉，出在对幸福（从文本看，其中性爱占一个很高甚或最高的位置）的追求得不到满足，因而生活感到特别的乏味和没劲。问一个在今天中国已经变得好玩也好笑的问题："你幸福吗？"那么这里的回答是"我很不幸福"。就像作者写到的："问题是，硬件一应俱全，而你却感觉非常不好，往往还说不出是为什么；这是最糟糕之处。压抑，乏味，没劲。城市没劲，乡村没劲；那一大片一大片的郊外'新开发中产社区'，更是超级没劲。这不是笑话，那无以形容的憋闷，疏离，焦躁，还有麻木，能把好好的大人或小孩儿给活活地逼疯。"作者的感觉对他来说无疑是真实的，他也是格外敏感的。但这是否也是生活在美国的大多数人，或者局限一点，是否也是美国的新移民的大多数人的感觉？

这种失望缘何而来？怎样才能生活得有味乃至有劲？对于具有浪漫情怀和才华的人们来说，动荡的年月可能是指望革命，和平的日子里大概就只能是指望艺术或者爱情了。作者希望制度体现爱心，对革命也倾注了相当的感情，当然，他同情和心向往之的不是那些最后夺得和掌握大权的"成功"的革命家，而倒是那些没有"成功"甚至被杀的革命家，比如像罗莎·卢森堡和托洛茨基。他对20世纪革命之后导致的极权体制同样反感。他也不相信托洛茨基、罗莎和考茨基会与罗斯柴尔德家族同属于一个巨大的"国际阴谋"，不相信《货币战争》一类的"阴谋论"。不过，他大概也不喜欢或者说不相信资本与市场基础上的社会能长久稳定。就像他引罗莎的话所言："柏林恢复了稳定吗？你们这群侏儒！真的不知道？你们的'稳定'建在沙滩上。明天，枪炮声再度响起；你们将吓得面无人色。一声嘹亮的号角，向世界宣告革命的来临：这是我，过去，现在，将来，直到永远。"他反复谈到对一种不祥之兆的感知，甚至预感到就在不久的将来会有大难，说"我这代人注定了还要见证天翻地覆的改变。巨轮将要沉没；风沙将席卷城市；今日不可一世的人群，将被彻底忘却"。

是的，可能会有大变，永远不能排除这样一种可能性，但也要准备，这种“沉闷乏味”的生活可能还会持续很久很久，原因我将在后面谈到。另外，真正的革命是一定要提出某种正面的理想和价值目标的，这种价值目标是什么，甚至可能是什么，我们目前的确还看不出来。要不就只是一种单纯的“大难”？或者新的价值目标要等进入了“大难”才会涌现？但那样的话，我们是否甚至要为此期待以致推动“大难”？而这样做是不是会不仅过程就代价太大，乃至在这之后出现的结果是更难忍受的一个东西？

有关爱的追求

从本书文本看，在作者那里，一个中心的价值追求是对爱的追求，乃至他正是以此为基本标准来衡量国家、制度、民族和文化的优劣。作者写到一个没读过几本书的俄罗斯小姑娘对他说：“完美性爱是最高的境界；为之愿意舍弃一切。”他觉得这其实就是说出了他“寻觅半生的苦涩真理”。然而，他在这方面却屡屡挫败。尤其在他20世纪90年代居住在旧金山时期。他说在这全美乃至全世界最美丽的城市，工作也不累，然而心情却坏到了极点。他和另外两个朋友——一个很传统的美国男孩大卫，还有一位名叫丹尼斯的俄罗斯哥们，长得高大威猛，三个人“却愣是在旧金山找不到女人”。

这可能和女权运动的兴起有关。女权运动可能造就或增加了一些让男人难于亲近的“悍妞”。他说激进女权运动要重写一切性爱规则，修改所有涉及男女内心默契的细微法则，许诺让大家一起来塑造新型的、没有人格缺陷的男人和女人。而他不仅对激进女权运动，对性解放也不抱好感，认为“性的解放，并没有带来精神的成长”。因为他还是要在性中追求爱情，不仅有性，更要有爱，甚至可能至少是一段时间里性爱对象的唯一。他有一个很有意思的见解，认为“除却即将来临的生态崩溃和经济瓦解，女性的复兴是惟一需要关注的人类转型”。“无人能够逃脱时代。男性正在消失。”他说自 20 世纪 60 年代以来，出现成千上百种新的主义试验，真正留存下来的，靠左边是女权加同性恋，靠右边是市场万能的新自由经济学。然而，这两者看来都不是他喜欢的。他说他一直搞不懂，不快活的女人对男人丧失兴趣，是觉得男人都不像男人，还是觉得自己本身也不像女人？他不能想象，假如一座城市里的男人都病态了，颓萎了，女人却能够丰润妩媚、神采奕奕？他问道：90 年代“民主胜利，极权倾覆；旧金山的甜白性感妞，变成忿怒凶悍妞——两种风马牛不相干的历史现象之间，是否存在着某种隐秘的内在联系？”这两者之间可能确是有着某种隐秘的内在联系的，那就是同属于平等的潮流，在政治上是民主，在社会生活中则是男女平等，乃至可能是作为一种补偿或纠偏似的更加崇尚女权。

后来过了些年，他重返旧金山，去咖啡店闲坐，感觉在这春光明媚，本该是最浪漫、最充满爱情的城市里，店里坐着的男男女女却连互相瞟一眼、调情一下的劲头都不再有。这一定是作者的真实感觉，但也可能仅仅是作者的感觉。基本的感觉不好了，可能会觉得所有碰到的事情都不对了，就像他觉得一个跑步的金发妞老远就喊“Excuse me！”，叫人让路是“一声怒吼”一样。

作者说由于来到美国的“中国妞”多想嫁白人，所以他主要就是去泡“白妞”了，这就要遇到不仅男女，而且族群的双重隔阂了。而如果加上“优雅文化”与“低俗文化”之别，那就是三重的障碍了，要实现起来自然要分外地艰难。作者又说：“自小学以后，直到走遍半个地球，我也始终在找寻一份同样简单的为人自尊。”但自尊为什么一定要和泡妞，而且是泡白妞的成功联系在一起？或者说由它来体现？不过，这对一个生命力洋溢的“青春男”来说可能并不难理解，对于一个浪漫情怀和富有才华的人来说可能就更不难理解。一个将情爱视作至高价值，或将艺术美与情爱美的追求结合在一起的人，这样做就可能是命定的，这就是属于他的命运，直到哪一天老得爱不动了。这和许多其他的“华裔男”不同。就像作者也注意到的：“我在旧金山见过的华裔男，几乎无一例外地乐观、敬业、关爱家庭、心理健全。那些横眉怒目的白种女权妞，不论冲谁使性子，对待唐人街的老板大厨打工仔们，总归是客客气气，和颜悦色。而后者，也从不向白妞们散发哪怕一丝一毫的性能量，或原始的男性攻击力。”这众多的“华裔男”是乐观的，看来也是对生活满意的。而问题在于一个命定的异类才子是否愿意如此生活，愿意做这样一个唐人街的华人，或者在郊区有自己住宅的高级华人白领？

但作者也不是没找到“白妞”中的意中人，他在美国也曾有过几个不错的情人或女友，在欧洲更有过一些美妙的和“白妞”们的情爱经历，尤其是他和萨洛美的一段可能是最为铭心刻骨的爱情。只是这所有的性爱都没有“终成眷属”或成为“一生伴侣”。如此来看，他其实也就并不是在情爱方面完全不“成功”，或者说，只要努力去寻找，也不是全无可能在异族的异姓中找到和自己心心相印乃至同等精神文化水准的人。但为什么还是没有“终成眷属”或保持爱情？以他和萨洛美的最动情的一段经历为例，作者写道：“凭着锐利的女性直觉，萨洛美开始洞察到我在若干细微层面上对她的敷衍和应付，欲望释放后四处游弋的色眼；还有更致命的一点：最为本质和真切的内心情感中，我的冰冷盔甲和自我保护。”即他在这一深爱中还是有一种“不在场”或“不投入”，导致最后两人的关系终于断了。所以，不能不提出这个问题：既然如此崇尚爱，为什么遇到了值得爱的人还是没有全身心地投入？结果还是让对方失望，而最后自己也失望？

的确，作者也深刻意识到完美性爱的性质和艰难，他说："爱情是敞开自己。生命历程和动物直觉中最原始、率真，甚至非常羞耻的层面，赤裸裸袒露给对方。一触碰便弄得血肉模糊，痛不欲生。由此长出另一个稚嫩生命。不是肚里的胎儿，而是非常纤细、被不太准确地称之为'我们'的东西。它多半只在瞬间存活，然后随风飘逝，留下漫漫一生的痛楚和遗憾。"但是，他说"这个历程使女人更加柔韧而丰满，男人则远远未必"则恐怕不是这样。爱情的失败对女性的伤害往往比对男性更大，她们在爱的过程中也往往比男性更为专注和投入，而失败之后她们比男人所承受的也更为沉重，以后也更缺乏新的机会。另外，爱情与制度、与社会有关系，但似乎也没有太多关系。在一个相对健全的社会里，爱情的成功主要和男女双方的努力有关，尤其爱情的维系更是如此。而这种维系不仅和双方的感情有关，还和生活的理性或者说智慧有关，同时还有一种责任感也绝不可缺席。

美国、苏俄与中国

在作者的书中有四个同时也具有思想象征意义的地理标志：中、美、俄、欧，其中尤其鲜明的是三个：美国、中国和苏联。中国似乎是在离开苏联的模式而向美国的模式走，当然，它自己的有些千年历史文化和百年革命文化的特点也是丢不掉的。它今天也不像后来的俄罗斯否定自己曾有的体制那么彻底。但还是可以在某种意义上说，从既往的事实而言，苏联曾像是它的昨天；而从不少人的追求来说，美国则像是它的明天。在这三者之间既有关联，又存在着一种紧张。就像作者所写到的："中国的故事、苏联的故事、美国的故事，各自源流深长，或许也暗藏杀机。"

作者对美国的观察和叙述自然占据了本书的大部分内容。近三十年，他也是在美国生活得时间最久，并最后回到美国。他结合自己的生活和工作体验谈到了美国的金融危机、校园枪击事件、郊区生活、族群问题等。其中许多观察是饶有趣味的，当然，最生动的还是其中的一些人物：他在美国和欧洲的女友，当年的文青和愤青朋友，等等。在他看来，美国的族群仍然是难于融合，校园枪击案件几乎还是每年会照例发生，金融活动之后的价值观念还是会继续导致经济危机。

作者对构成了"美国理想"的大部分光环的美国郊区生活的评论尤其饶有趣味。在他看来，"二战"之后联邦政府决定为大约一千一百万座将要兴建的单家单户郊区房提供按揭补贴，以及 1956 年联邦国会通过跨州高速公路法案这两个纯粹国内性和经济性的事件，标志着美国大众日常生活开始走向大面积郊区化，也标志着传统美国中小城市由繁荣转向萎缩、退化和荒芜，乃至对日后地球人类都具有深远的影响。他认为今天美国几乎有百分之八十五人口居住的具有基本雷同的小草坪、停车库的平房或楼房的郊区社区，其实是对城市和乡镇的双重抛弃。它使居住者的生活彻底地依赖于私人汽车和高速公路，过分规整的居住区域同集中组合式的购物中心相互隔绝，上班和谋生的地点往往在很远的地方。作者认为这样的社区不可能提供奇遇或惊喜，而最根本而且无可救药的缺陷是"它不可能给它的任何一位居民提供真正意义上的家乡感"。

写这篇文章的时候我也正待在一个这样的美国郊区社区里。的确，这里的生活基本是“在轮子上的生活”，要离开社区不开汽车几乎是寸步难行，即便只是要打一瓶酱油也得动车。虽然不远处也有荒山原野，但即便到了那里也不能信步走去，因为就连不多的步行和骑车的道路也都是规划好了的。但我感觉，周围的多数人们还是喜欢这种生活的，还没得到的也趋之若鹜。作者自己也写道：“真正推倒苏联帝国的，不是别的，正是那一排一排印在明信片上的小白房子。”而如果大多数人都想要自己家有一块草坪或者花园、双位车库的独立房屋，大概也只有这样的“郊区化”才能摊得开，铺得下。它带来的毛病可能还是一个利弊权衡的问题。而大多数人可能还是会比选择住在都市的“筒子楼”或“鸽子笼”，而更愿意居住在这郊区。当然，这种生活方式如果过于呆板雷同，席卷一切，构成一种对哪怕是少数人更愿意的生活方式的压抑甚至机会的剥夺，那也的确是一个严重的问题。

作者对美国的批评还触及了整个“现代性”的更深的层面，尤其是有关数量统治和文化衰落的方面。他谈到在市场化席卷一切的情况下，社会变成了一个原子化且虚矫做作的大众社会。每人都必须从小学会为自己设计一个不断更新的包装和品牌。“一切集体的、物质的梦，都可以延伸、组合、重复、量化、交换。”消费主义或物质主义盛行，“华尔街是惟一和最后的宗教。它崇拜的偶像，是无限扩张并可替换的数量，以及这个数量对时空和脆弱生命的征服。”现代社会是一种数量的统治，也是物质的统治。正是物质的东西使一切都可重复、可定量、可替换的。在滚滚而来的物欲潮流面前，人们对生命的质量、对精神的东西则不免敷衍，甚至对生命质地的高贵就干脆拒斥或充耳不闻，于是，文化的衰落也就是必不可免的了。这种衰退也不仅是美国的，而且是世界性的。作者说：“九零年后，不论东方西方南方北方，各国各语种的文学艺术，似乎一下子同时失语，出现了空前的叙事危机。也许有若干零零星星的美好例外，但遮不住、挥不去整体而言夕阳西下、明日黄花的黯哑和凄凉。这种集体性失语，相对于我们这代人所经历和见证的惊人历史变化，显得多么可悲，多么不可原谅。”我虽然认为这话说得有些过分绝对，但也有基本的同感，即文化或者说文学艺术总体上并没有随着经济和民主的发展上升，反而是下降了，包括获得了较充分的言论自由和一定政治自由的俄罗斯，其文学成就不仅远不如19世纪的俄罗斯，可能还不济苏联解体前的七八十年代。

总之，在作者看来，“贫富极度悬殊，文化精神生活虚假凋敝，日常人际关系和生活环境极度规整、刻板、隔绝、孤寂的国度——这是今日的真实美国”。在美国，“无限度物质扩张被提炼为一种新的集体共同身份，除了大众娱乐语言，心理咨询语言，还有技术、数字和管理语言之外，在人与人之间，似乎再没别的交流形式”。而更严重的问题还在于，整个世界也在趋于美国化，包括过去与美国抗衡的社会主义阵营。作者写到，1991年“自由”的胜利，意味着人类的这一大部分也彻底臣服于这种生活方式。作者还说：“强悍和尊贵，作为人生品格，不再属于今日西方。”尊贵不好说，但美国至少还是今日西方中最强悍和野性的，至少在对外的方面。但西方曾经最强悍的，甚至也追求一族“尊贵”的，可能还是昔日的法西斯德国，他们却被西方人自己给打败了。

我们再看苏俄。作者对昔日苏联有一种留恋，苏联和美国也恰好构成一种对比。尽管他1994年夏天第一次去俄罗斯时苏联已经解体，他觉得自己还是感到了不少美好的东西。但若看他此前几年还在美国的时候从电视中看到苏联解体时就已有一种伤感，而到俄国的“下车伊始”也就有一种感动，我们或许可以说，这种情感首先是对美国乃至今天的中国失望的直接结果，是一种因此之故而对“异托邦”的寻求。

作者虽然认为斯大林的苏联是“建筑在尸骨和谎言基础上的强横制度”，但他可能对这个“社会的深处，暗藏着明快、晶莹和温暖”还是估计过高。他认为有相当数量的事例表明，有一大部分苏联人民，也包括不少趣味比较高雅的青年男女，事实上接受了这个制度，并勉强建立和维持了一种单纯、质朴、草根性的小群体价值观。他说苏联人民“畏惧、蔑视、尽可能躲避，却也习惯并严重依赖这个蛛网般严密的庞大体制。他们学会最大限度地争抢并占有体制给予人民的各种许诺：免费住房、免费教育，不需要发愁的工作，需要排长队等候的优质香肠、咸鱼、奶酪”。“一般来说，他们的生活并不像索尔仁尼琴小说里描述得那样悲壮、凄惨。他们也并不似美国‘冷战’评论家们所暗示的那样，殷切渴望多党选举或投票自由。”但这种“争抢”不正是制度带来的问题吗？而且它不正是对道德和精神的侵蚀吗？如果多数人想要过的正常富足生活需要通过“潜规则”，需要通过侵蚀道德来实现，怎么会是社会深处的“明快、晶莹和温暖”呢？另外，且不说多数，不说人们的物质生活，甚至也不说言论和政治自由，和作者类似的作为少数的知识分子，日常生活在这样一个“蛛网般严密的庞大体制”中是否又会真的快乐呢？故此，一种给人以普遍尊严的自由民主制度还是值得去争取的。

作者还认为：“苏维埃体制宣讲的某些观念碎片，经过篡改、变异，事实上浸透于最后那一两代苏维埃人的内心，比如友爱互助、淡泊功利、对纯科学或纯艺术的敬仰和渴求。”我虽然同意他所说的苏联，尤其斯大林之后的社会主义，同毛泽东时代新中国的社会主义气质上还是有相当不同：早期的“人民共和国”对“阶级斗争”如此强调，对“人道主义”如此厌恶，反映出内心里对某种生活旋律的憎厌，也许还有嫉妒。但是，将“友爱互助、淡泊功利、对纯科学或纯艺术的敬仰和渴求”直接视为是苏维埃体制宣讲的“观念碎片”，这可能也是太理想化了。

当然，作者不那么着力批判旧的极权，也许就因为它已经崩溃，甚或认为它不可能再回来。而新的物质主义和消费主义的“极权”却是更现实的危险。然而，真正的极权崩溃虽然的确是事实，但认为它不会再回来可还是说不定，而过于温情地怀念和赞美它甚至可能是促使它以新的、改头换面的形式回来的一种因素。

而对苏俄1991年的“易帜”,作者可能是过于否定了。他说:“在今天的俄罗斯，我没遇到一个人将其称之为自由解放,”但又补充了一句,“除了媒体精英，或漂游逐酷的美国混混。”在他看来，这是“另外一群流氓恶棍上台，如此而已。‘震荡疗法’、掠夺式私有化所包含的残忍与偏执,与上世纪三十年代集体化大饥荒并无实质区别”。“如同叶利钦许诺给无数前苏联人富裕、自由和快乐。那个革命发源地气氛温馨，景色迷人，看不到杀戮和血腥，但是拥有一份特别的、史无先例的残忍。”苏联解体之后有种种问题，但我以为和斯大林时代的极权还是有实质区别的，就像老的依靠暴力强制和谎言的极权、和物质主义与消费主义的价值一元的所谓“极权”有实质区别一样，就像根本不允许有选择的所谓“自由”和多数人选择了物质幸福优先的真实自由有实质区别一样。

作者不赞同马克思的唯物史观，说他“并没成为苏维埃社会主义的信奉者”，然而，在他看来，“1917年的大革命，戴了唯物主义的红帽子，但是发射出宗教和末世的蓝光。这亦是单细胞者的救赎之光”。至于苏联1991年的解体，他提出了一个自己的观点。就是：人们不爱苏联了！而爱是不可以强求的。但我们或还可以继续提问：为什么会不爱了？有多少人不爱了？甚至问：他们曾经爱过吗？如果的确也爱过，为什么会爱？后来又为什么不爱了？……

作者此书对中国着墨不多，但我以为他心里最耿耿于怀的其实还是中国。有一句劝告国人的话，他忍不住还是说了。他说："我理解，中国人在追赶一个目标。根据权威的推测，再过二十五年，确有可能达到那个目标。但我有句话，憋在心里多年，一直说不出口；不忍心浇灭别人的希望；更没力量面对自己的失败和痛苦。今天，不妨就说出来：美国是个顶糟糕的国家；不谈什么外交国防，那东西另说；我指的是作为普通人，不论新移民还是本地人，在这块土地上，度过一生的感觉。中国人的万米赛跑，倘若以美国的彼岸作为目标，那真的不妨再想一想。现在退出竞赛，也不丢面子。我蹉跎大半辈子，当了一回美籍华人，得出这么个吃里扒外的丧气结论；因为意识到生命之渺小短暂，内心的幸福还是蛮重要的一件事。鞋子合不合脚，确实自己才能知道。"

这句话对那些以为美国就是天堂，或者认为制度好了其他一切自然而然都会好的人是很有益的一个警醒。但我也认为，这句出自他内心体验的话虽然真诚殷切，但也说得有些过分绝对，而且有将自己的感觉视为普遍的感觉之嫌。既然"鞋子合不合脚，确实自己才能知道"，作者怎么知道自己的感觉也是多数"普通人"的感觉呢？书中其实也谈到过其他人的满足，而且是多数、大众的满足。只是这大众此时常被标以"愚众""蚁民"。我其实是更倾向于相信这种不幸感可能的确是一些知识分子或其他失意者的真实感觉，但认为这就是"作为普通人，不论是新移民还是本地人，在这块土地上，度过一生的感觉"，还是有些言过其实，并无可靠的根据。我并不主张今后的中国就模仿那一条道路，包括模仿美国的道路，而事实上也模仿不了。中国就是中国。它不会变成美国。而在这种情况下，如果因为文化的平庸和衰落或者个人感觉的不幸，就开始重新向往甚至赞美可能导向真正的极权的那种"革命"，我以为是一件有危险的事情。

我们可以抱有怎样的期望？

出路在哪里？我们应当追求什么样的社会？什么样的制度？什么样的价值？以及什么样的个人生活？是从欧洲，从昔日苏联，乃至中国的民国或更久远的传统中综合地吸取各种因素，比方说重新发现和崇敬那结合了民国人的单纯自信和马克思主义信仰的爷爷一辈的精神性格（但作者对“通三统”又明显是嘲讽的）？或者不说“出路”那样的大词，而是换一句话说，我们可以对理想的社会、对个人生活的幸福抱有怎样的期望？

作者今天的期望应该说有谨慎的方面。他谈到当年旧民国变成新中国，似乎有一种精神的跳跃，觉得从此改天换地，金光灿灿，大伙儿一块儿变成“幸福的人民”。所有人为此都先后有一个脱胎换骨，重新做人，成为“新人”的过程，所以称为“解放”亦不为过。今天在一些中国人看来，不走苏联人的路，而改走美国人的路，甚至移民美国，也将能使自己成为幸福的“新人”。而在他的心里，他“已经和新人的幸福永久告别”。

但作者可能也还是始终有一些“完美主义”的倾向。如果他来美国之初不是对美国抱有那样一种莫大的期望，他的失望也许就不会那样沉重且无法摆脱。当然，这对于中国封闭多年后最早一批来美国求学的年轻人来说可能也是难免，但却最好为后来的人们所避免。而今天他倾向于将“完美的性爱”视作最高的境界或衡量幸福的最重要标准，以这种“完美的性爱”作为制度的“心”，认为应该建立“爱情制度”或者说制度应该体现爱心，可能也还是不很可靠的，而他对文化的期望大概也可能是相当高蹈的。

具体到国别来说，作者对于旧欧洲、旧苏联的希望也同样不很牢靠。它主要是由对美国的失望刺激而起，所以，他会在1994年夏天到俄罗斯的第一天，还没怎么去体验就已被深深感动，那希望和感动可能早已经在他的心里。另外，他所亲历的俄罗斯其实已经是否定苏联之后的俄罗斯，就像他所心仪的旧欧洲其实也正是美国文化的母体。所以，作者如果在俄罗斯和欧洲生活得再久一些，他可能会继续失望。或者说，有些漂泊的知识分子注定就是永远的不满者甚至“不幸者”。

这里有一个人性的问题，有一个根据人性质的差异来做的一种量的区分，即从陀思妥耶夫斯基那里概括和引申而来的多数和少数的问题。人有差别，而在差别中又有共性。最根本的差别自然是个人之间的差异；一方面，每个人和每个人之间都有差别，或者说每个人都有自己的个性；而另一方面，差别又还是可以依不同范围的群体具有某种共性的，从而可以概括归类。比如说当我们说两性之性别的时候，就是撇开每个男人和每个男人之间、每个女人和每个女人之间的个性差别，而讲男人和女人之间的共性差别即两性之别。同样，任何范围的族群之间也都会有一些性格和特点的差异，只是今天的人们常常因为“政治正确”而不太提这些差别，或者仅有弱势为了争取平等而来提出和强调这些差别。

一个重要的却往往被人忽视的差别是这样一种多数与少数的差别。在陀思妥耶夫斯基那里，这种在任何时代与社会都存在的多数与少数的差异是：一个社会总是有一个多数和一个少数，其划分的标准是那多数要比那少数更重视物质而非精神，更重视安全而非自由，更重视奇迹而非理性。换言之，更重视物质和安全的人们可能在任何社会里都占多数。但是，在传统社会里，社会并不出现物质主义支配的情况，因为无论中西的传统社会几乎都是实行少数统治和等级制度，而居统治地位的少数的人常常是具有一定精神性的价值追求，这种追求会成为这个社会的支配和主导的追求，物质的追求就被约束甚至压抑在一定范围。所以，只是到了现代社会，这一多数与少数的差别才全面浮现出来，成为严重的问题，造成紧张的冲突。因为现代社会是一个崇尚平等和走向多数统治(民主)的社会，或至少政治精英必须顺从多数的意见，遵从民意。现代社会楬橥人人都有权追求自己所理解的幸福，哪怕这幸福优先和主要是物质和经济的。

现代社会的核心价值是平等，它是一个走向平等的社会。平等就意味着多数支配——不仅民主体制的社会是实行多数裁决，非民主的社会今天也大致要顺应多数人的意见或者说“民意”。平等自由还意味着价值多元。但是，价值多元在一个平等社会也还会造成一种事实上的一元，也就是多数的生活趣味占上风。而你要享受自己的自由吗？那么，你也要忍受别人的同等自由，而多数人的平等自由就可能自然而然地构成这样一种偏重物质化和消费主义的价值状况。

作者其实也是意识到了多数与少数的这种差异的。他说：“近二十年，统治多数美国人的意识形态，不仅仅是经济至上，物质消费至上……最重要，最根本的一环，是自我至上。”但这可能不只是近二十年如此，按托克维尔的观察，这一过程是早在几百年前，也不仅是在美国，在欧洲就开始了。作者或还以为这是媒体、资本、政府的共谋和塑造，是它们对大众的“洗脑”。他说：“大众的洗脑，并不总需要领袖，警察，或柏林墙。有更加精致，更加有效的办法。”“无需废黜百家，独尊马恩列斯毛。怎么办呢？将一切意识形态、时尚和大众潮流碎片化、相对化、泡沫化；并根据广告效率最优原则，将一切信息语言框于大众草根，雷人雷语式的脱口秀咆哮体格式。这种经营模型，大体上仿照犹太国际传媒或虚拟金融。”然而，更有可能老百姓心里就是这样想的，也就是这样要的，媒体只是顺应群众，资本亦然。甚至政府也是顺应多数或者说民意。而逆着人性的大规模强行灌输大概才能叫作“洗脑”。

如果这种多数与少数的差别不可泯灭且在现代社会大规模浮现，于是重要的问题就是少数对于多数的态度，那可能不满的少数人如何对待多数？是去提升他们，将他们改造成为新人？而如果多数并不接受这种改造呢？就强制他们，或者先欺骗他们？但是，正如前述，这种大规模地改造或塑造“新人”的后果我们已经看到，那就是一种极权。或者只是去迎合多数，甚至讨好多数？许多行动的、政治的精英，甚至观念的、科技的精英正是这样做的。但是否还是应该有一些观念的、人文的精英对此进行批评？只是这种批评应该有一种清醒的认识垫底，且其手段不逾越道德的范围。这样一种对待是更悲观还是更具有现实感？但其实后面还是有一种道德感的，即一个人无论如何也要既对别人真实，也对自己真实；更重要的是，无论如何不准备去通过强制或欺骗他人不去过他们想要过的生活——即便这种生活是我不满足甚至不喜欢的。多数与少数可能最好有一种自然分流，多数最好不要压制少数，少数也不要压制多数。他们互相尊重，正常交流甚至交易，但并不缠在一起过亲密生活或“强行”一方去追求自己喜欢的生活和价值。的确，多数即便不强制少数，仅仅作为多数也还是会有一种舆论和社会氛围的“强制性”的，这样少数就要有足够的心理准备让自己比较“心平气和”。

这里还有一个有关制度和极权的问题。制度毕竟永远是绕不过去的。当作者说到极权者“只热爱权力，热爱从一切关系中发现权力、证明权力，证明了还要再证明，再再证明，永无止息。哪怕是短期的极权社会试验，遗留下扭曲的记忆、感情和身份的内心废墟，需要几代人的时间流逝，才能慢慢痊愈”。这可能是指旧的极权。而当他说：“极权已经倒塌，又似乎改头换面，重新出场。对我来说，封冻的语言，埋葬神秘元素的土地，无性无爱无诗无音乐之高效增长国，就是极权。它憎恶一切自然、混沌、原生的生命状态——尤其憎恶爱情。”这无疑是指新的“极权”。但我以为，对后者可以说“弥漫”，说“淹没”，但最好不要说“极权”。遇罗克所遭遇到的和作者所遭遇到的无论如何不是一回事。今天的世界大国至少基本上摆脱了 20 世纪的那种左右两翼的政治极权，中国也是如此。它的政府或已经走向了某种后极权时代的威权，乃至面临着不断增加的社会压力要走向民主，但它无论在心理还是制度上也还存有某种最早源自苏联的“极权后遗症”，权力的滥用和扩充仍然触目可见，乃至极权的局部复燃也仍然是一个没有过时的现实危险。

如果从多数与少数的角度观察，对“极权”或可如此界定：极权是一个或少数政治精英（或通过一个政治组织）掌握着就这个国家历史而言最强有力的国家机器和动员机制，对于社会生活与个人进行全方位控制。这一极权往往将一个政治领袖推到权力的最高端，拥有最大的权力，即实际是一人统治；这一领袖可能只有很少数的精英追随者，但他能够动员和联合大众，如此也才能全面和严密地控制社会的各个方面。故而它往往是以“民族”或“人民”为名，压制和排斥几乎其他所有的精英，不仅是观念的精英，也包括其他的行动和政治的精英，包括可能从大众中涌现的潜在的各种精英。这种极权表面看起来似乎并不主动伤害多数，甚至冒用他们的名义，但是它却通过将国家拖入战争或饥馑，而最终使整个社会，当然也包括多数，受到最严重的伤害。真正的极权会戕害除一个独裁者之外的几乎所有人。

所以，我以为我们的期望无论如何要把防止最坏的事情放在第一位。我们可能本来就不必期望过高。要坚持种族平等但对种族融合不期望过高；要保护高端文化但对社会文化不要期望过高；要撤除对爱情的社会障碍但对完美的爱情也不期望过高。总括到幸福，这里我们更多地要和充满各种欲望（物欲、性欲、爱欲）、但自身又是有限的人性打交道，故而对总体的幸福也不要期望过高。我们尤其对政治，无论是常态的政治体制还是非常态的革命政治，都不必期望过高。即便是理想的政治制度，也最多只能提供一个健全合理的制度平台，尽量消除苦难和冲突，它并不能够确保普遍幸福，更不要说每个人都幸福了。

幸福也无法总是狂喜，可能就是安宁平淡的生活。作者谈到东、西柏林的人们今天还是不太来往时说："十五年前，围墙倒塌，千百万人流泪拥抱狂欢，像是已经遥远得无从追忆。"但这种状况大概就是题中应有之义，任何一种狂欢都不会持久，而长久隔绝的人们也不会那么容易重新融合，但那墙无论如何都还是应该推倒。如果我们仔细体会，幸福其实是很普通的，就在许许多多的小事之中。而许许多多普通人的幸福也不仅是物质的，还有种种与责任、感情乃至一种感觉到不朽的精神联系在一起的、看来平凡的天伦之乐。

各人的幸福只有各人自己知道，也需要各人去创造。社会怎样让有的容易敏感不幸的文学艺术家也感觉幸福，这的确比较难办。尤其在性爱的问题上，大概注定是要有幸福与不幸的，因为一般的性爱注定是有某种排他性的。所以，在任何一个理想社会，任何一座城市或者国家，都不可能"不再见到因为失去真爱痛不欲生的那种神情"。在再美好的地方，大概也不会没有失恋之痛，除非对所有人有一种先定的"爱恋基因"的安排，但那是更可怕的。制度只能尽量排除那些阻止人们自由地去相爱的社会条件，却不能担保一个人爱上另一个人，或者所有人都得到自己的心爱。从社会的角度看，一个时代里哪些人更多地得到爱慕，固然会受到社会价值观念的影响，但这归根结底大概也还是得由个人去决定。制度体现爱心只是在它创造可以自由相爱的社会条件，还有帮助那些弱势的人获得基本的自由权利和像样的物质生活条件；这时如果说它体现了一种爱心的话，这爱心实际是一种不忍之心、同情之心。

我们对自己的精神追求可以是不设限的，但对社会、对政治的期望却可能是有限的。我们要谨慎地区分自己的感觉和别人的感觉，区分自己的愿望和他人的愿望，不轻易将自己的感受和愿望错认为普遍的感觉和愿望。如果自己真的就是命定地属于少数，并且承认和接受自己就是少数，或许还能心态更好些，或更平静些。当然，社会也还是要有一种理想主义。一个健全的且始终保有希望的社会必须要有理想主义者存在的空间，必须要有一些人去做不懈的、至高的精神追求。甚至我们也还是要以一种信仰的态度去追求那初看起来似乎不高的对于社会和制度的期望，因为它也仍然是相当难于达到的。至于个人，当然可以向自己的生活方式和信仰做无限的期望，无限的努力，只要不越过侵犯他人和社会的道德界限。

作者的爱其实也已不再局限于性爱。他发现自己还“爱上了森林、落叶、极光、黄昏中的悬崖、小姑娘的脚踏车、德国车站上卖的红色香肠、山坡上的木教堂、伦敦小巷深处的快餐店、哈瓦那西郊树林子里的艺术学院、肮脏的堤岸、灰色的大浪，当然，还有绿色的火车厢”。他说他可以直视传媒大亨默多克先生和善然而讥讽的眼睛，但决意在他缔造和统治的世界里当永远的流浪者和漂泊者。“开始坚强，最后还坚强。”（遇罗克语）这一种坚持是让人感佩的，个人也要为之付出某些代价。但或许在经历了种种磨难之后，最后还是可以像维特根斯坦一样说："我度过了幸福的一生。"

作者在美国生活廿多载，又流浪世界多年，不仅保留了一种汉语写作的能力，而且显示出一种相当精致、干净的文字之美，这是令人欣慰甚至吃惊的。他的感觉也是很真实的，虽然我窃以为其中有不少只是属于少数人的感觉，但无论如何，这些文字对这个世界，尤其是对作为我们家园的祖国是富有意义的，它们至少有助于提醒人们，美国并不是天堂，制度也并非万能。它还可以告诉那些努力奋斗争取平等自由和法治民主的人必须要有一些心理准备，即要准备面对这一过程将相当艰巨，而且，费尽千辛万苦获得的结果，可能又还在某些方面让人失望。作者写道："时至今日，前东欧异议者群体在人格上的坚韧、丰满与虔诚，仍然让我震慑并肃然起敬。而历史从日后演变中接二连三甩到他们墓碑上一记又一记沉闷耳光，也真是足够酸楚、残忍、黑色幽默。"但如果有心理准备，我想也就不会那样"酸楚"。而我认为他们其中一些人还是预见到了日后的"沉闷"和冷遇的。历史并没有那样嘲讽。无论如何，这一目标还是值得努力奋斗去争取的，不仅是为了少数，也是为了多数；不仅是为了自己，也是为了社会。

最后，我希望作者能坚持不懈地贡献给读者表达那更广阔的种种爱恋的思想文字。总之，这是一些稀有的文字，是由稀有的"异类"写成，它们有助于我们看到这个功利的世界中不那么功利的、动情的一角。

（原收在《与故土一拍两散》，中信出版社 2013 年版）

七零后

贴地飞翔

——从梁庄到吴镇

梁庄还在我们的身边，现在又有了吴镇。

这是更广阔的一个视野，也是一个更高的视野。

梁鸿在写了《中国在梁庄》之后写了《出梁庄记》。出了梁庄的人都去了哪里？去了本省和外省的县城、省城、京城，甚至国外，最不济的大概也到了吴镇，或者在外面挣了一些钱回到吴镇。

梁庄已经半空了，剩下的多是老小。今天，居住了中国最多人口的已不再是乡村，也还不是大都市，而大概就是这样的城镇。中国的城镇化也是今天政府政策推进的一个方向。

作者的风格也发生了一个丕变。梁鸿两本写梁庄的书还被归类为形象记录性的“非虚构作品”，甚至可以在学术上被视为一种社会学的观察和调查，但现在的这本《云下吴镇》看来已经是一本小说，是纯粹的文学作品。作者有了凌空的一跃。现在不再只是“立足大地”，还有了“发光的云”。不再只是平视的眼光，还有了俯视。我们以前在梁庄系列中见识过作者敏锐的观察力和思考力，这次还见识了作者的想象力。她善于把握细节的能力依然留存，思考却借助想象进入了更大的时空。

梁鸿从学术中走来，先是做中国现当代文学，尤其是乡土文学的研究，后来可以说是乡土中国的研究。但在这本书里，作者已经转向了艺术的创造。作者已经飞翔起来，不仅关心社会和政治的问题，也关心灵魂和信仰的问题；不只是写实，而且已经有虚构，甚至有一些荒诞。比如开首一篇《一朵发光的云在吴镇上空移动》中，一个孩子阿清为发光的云所吸引，为了阻止砍伐一棵老槐树，他爬上了这棵树，吃住都在树上，因登高看到了平时看不到的情景，甚至变成了"树人"。镇上还有一个颇为神秘的"圣徒"德泉时刻准备从天而降。在《到第二条河去游泳》一篇中，则有一个轻生的女子死后，发现自己似乎还活着，周围还漂流着另外一些人，她们互相诉说着自己哀痛的故事：

> 她还活着。身体平躺着，沿着水流往下漂移。她睁开眼睛，看到天。一朵灰蓝色的云，跟着她。一切都太安静了。她想，就这样漂下去，也挺好。
>
> 一个人漂了过来，和她一样，直直地躺在水里。……过了一会儿，又一个人漂过来了。是个胖胖的老太太，看到她，那老太太蹬了几下水，慢了下来，跟在她后面。……又一个女人过来了，穿着艳丽的裙子，裙子被水鼓着，像一面被风鼓着的小旗子，张力十足。……慢慢地，其他漂在河里的人也聚过来，听她们聊天，和她们一起往前漂。……她忽然特别想说，想把一切没有讲过的话都讲出来。……
>
> （就像一位诗人所言）"世界上所有的溺水者，都是自己选择的游泳。"

多么平静，又多么哀伤。这或可说是一种"冥河"上悲痛的幽美。作者也尝试了一些不同的文学结构和笔法：如十二篇的结构，首尾呼应。这些篇章大多是写人物的，也有放在前面写场景的《漂流》一篇，先扼要地勾画出了小镇的轮廓。她也尝试了叙述角度的转换，基本都是第三人称的叙述，但在《肉头》一篇中，却是采取第一人称对多个家庭的闲话式叙述。还有象征的描写：比如在街头被绑在轮椅上被人推来推去的老妇人。当然，保证文学质量的，最重要的还是一种文学的感受，或者说文学对生命的真切和细腻的感受，以及一种表达的能力。比如在《那个明亮的雪天下午》一篇，就细致地揭示了朦胧的、似乎是初恋的少男少女微妙的心情转换。我希望这种接地气的虚构写作成为一种文学的样式，甚至一种比较主流的样式。对于学者来说，阅读一些这样的作品，或许还能使思想者不致"天马行空"，臆想一些不可能实现、而若强行将带来祸患的乌托邦。下面我的评论也主要是一种基于思想学术的评论。

总之，虽然时有高低，这飞翔始终都还是贴近地面的飞翔。这不是异邦的"云上的日子"，而就是本土"云下的吴镇"。阿清奋力攀高，却依然没有脱离大树。吴镇也还是连着梁庄，乃至就包含着梁庄。在梁庄系列中，作者不是像获得诺贝尔文学奖的白俄罗斯女作家斯维亚特兰娜·阿列克谢耶维奇那样完全让访谈对象自述，而也有她自己的叙述。她们不同的处理方式大概是由她们面对的不同题材所决定的。在吴镇的故事中，一位女性海红从少女起就开始在多篇中出现，从她可以看到"梁庄女儿"自己的影子。医生毅志大概也是从梁庄而来。"圣徒"德泉也还是普通人的能力，并没有展现神迹。更重要的是，作者内心深深牵挂的还是那一方水土，还是她亲密和熟悉的人们。

而在这些人中，给人印象最深、也是分量最重的是那些作为"乡村知识分子"的人：杨风喜、明亮和蓝伟等。他们读了师范甚至本科，无一例外地都想从政治上出头，但最后都失败了。他们并不是没有才华和斗志，但还是都没有成功。

杨风喜农民出身，家庭贫困，姊妹众多。但他父亲却是一个不甘心的农民。他自己做不了官了，就把希望寄托在儿子身上，为训练儿子的各种规矩和礼仪打骂了无数次，直到杨风喜考上大学，并很快成为学生会干部的那一刻，他才明白，“父亲的教育是多么必要而且完整。他的谦恭有礼、沉默内敛，一下子就把他从众多还懵懵懂懂的农村娃中区别出来，也把他从众多单纯骄矜的城里学生中独立出来。他鹤立鸡群，天生一个‘官坯子’”。但他还有另一面，他的确也是个才子，会拉二胡会写诗，有一双忧郁的黑眼睛，很吸引女孩子，开始他是和最漂亮的一个女孩张晓霞谈恋爱，但后来却和即将退休的吴镇党委书记的女儿周香兰结婚了。周香兰不够漂亮，矮，胖，但胸脯丰满，对他也有吸引力。杨风喜虽然期望着岳父的帮助，但也相信自身的能力和资质。他虽然命运不济被分配做了一个中学教师，但他从来不去领他的教师工资，“他始终觉得他不是那样拿着几张纸片的人。那不是他设想的生活。他的未来本应该一呼百应，前呼后拥，运筹帷幄，指点江山”。然而，一个退休的乡党委书记已经没有多少能量，最终也没有帮上他。他的仕途没有了，而他后来再相好的情人张晓霞得胃癌死了，妻子周香兰丰满的乳房也因长满瘤子被割掉了。连他的学生也没有了，他几乎无课可上。他什么也没有。可是到哪儿去？他不知道。于是，他只能在网上，匿名地袒露他内心最冷酷最无情的想法和最辛酸最悲凉的心态。

另一位教师明亮可能比杨风喜更有斗志，也更脚踏实地，他除了自己也似乎没有别的可用资源。他被分到一个条件很差的中学，发出“大风起兮云飞扬”的豪语。他没有机会直接进入政界，就追求校内的权力，他竞争教导主任，后来还当上了副校长，一路过来，自然有他的工作业绩，但是也有不少人说他变坏了，“一心想当官，眼睛往上翻，对下面人苛刻得要死”，但他在竞争校长的时候还是失败了。他一下不见所有人了，手机也关了，甚至有自杀倾向。他以前还一直会给师范的同学海红写信，那是保留他过去的纯真的出口，也是他唯一真情的倾诉方式，然而，这次失败后他退还了私下留存的海红的照片，看来准备完全丢掉过去还遗留的一点纯真，这种纯真或许只是阻力，或者让其不安乃至难堪。

文学会特别注意描写两类人：一类是那些最弱势、最孤苦无告的人；一类是那些最有才华但命运不济的人。我们在《云下吴镇》中所发现的人物，也是比较集中于这两端。一端是特别的贫困者、流浪者以及我们前面谈到的自杀者。但弱者今天也不会是始终和完全的弱者，他们有的也能找到自己的办法。就像许家亮多次想方设法上访，他后来有意挖“地窝子”，给官员似乎光亮的政绩抹灰，用近似无赖的战法对抗权力，但最后这“地窝子”还是被拆。

另一端是有文化的“乡村知识分子”，其中不乏有才干和抱负的佼佼者。作者曾经写到作为一个村庄灵魂的梁庄小学的败落，这本书里又形象地写到了老师们的窘况。书中有两段话颇能揭示乡镇教师一般的地位和形象：

> 到 2014 年，教师工资涨到了 3000 元左右。在吴镇这工资并不算低。但是，这都只是看得见的。他只有这看得见的。老师为什么就只是老师？就是因为你只有那看得见的几张薄纸片，你只能勉强维持尊严。所以，你看那谨慎、整齐、说话小心翼翼，带着一股子小家子气的人，一定是老师……谁都能看出来你是老师。他们对你，那种故作尊重但又略含轻视的神情把你死死地钉在耻辱架上，你不得不带着这个羞耻的印记生活。
>
> ……教师，在小镇上，变成了一个不确定的、被架空了的阶层。既受人尊重又被轻视，既是场面上的人，却又不被任何一个场面的人看重。……是的，你在街上看到一个人，衣着整齐，小心谨慎，彬彬有礼，昂着头，却又有点不自信，那一定是位

教师。你看到一个家长，拉着一个人，拼命地谄媚，焦急地询问，走之后却换为无任何意义的表情，那他拉的那个人也一定是教师。

这些人是了解乡村的人，又是乡镇最有文化的人，因而也是最有可能改变和引导乡村的人，然而他们的地位又是非常尴尬，甚至可以说是相当卑微的。他们无权，无钱，在今天的乡村没有多少人想读书的情况下甚至连尊敬和需要也丧失了。以上两种情况总是要促使我们提出这样的问题：有志者能不能有恰当的途径，从而光明正大地进入权力？而弱势者能不能有恰当的手段，从而光明正大地对抗权力？

中国近百年经历了巨变。一条上千年缓慢流畅的河，突然变得无比地湍急。中国社会的重心已经由乡土变为都市。这或许是现代社会的通性。而特殊性则在于中国的乡村却和繁荣进步的都市形成了让人吃惊的对照。它并没有跟着都市进展，而是不仅失去了过去的人文生态，连昔日的自然生态也遭到了破坏。

我宁愿将乡、镇都划为一类，将大都市划为另一类，并认为乡镇和都市的差别可能是中国目前最大的一种差别。这种差别之巨大有时甚至让人觉得像是两个“中国”：一个是其发展速度和巍峨建筑让世界发达地区都感到艳羡的都市中国；另一个则是仍然陷在泥泞乃至衰败中的乡土中国。而最让人担心的则是乡镇地区的吏治文化和教育。

的确，在传统社会，也是官本位的，但是，在科举时代的千年里，农耕子弟要出头只需会读书，通过各级考试就能入仕为官，这种考试可以说是相当严格和机会公平的。人们可以不失尊严，不借助出身、财富和权力关系来入仕。乡村和城市的连接也就自然而然地通过这种来自田野的乡村子弟经由科举进入上层得到体现，他们退休之后又回到乡里，成为一方文化和财富的权威。而他们和昔日权力及现任地方官员也保持着某种联系，也是一般乡里纠纷的仲裁人，乡村公共建设和救助的组织者和出资人。他们也支持和资助本地和本家族的读书种子读书入仕。如此循环流转，故地方文风总是保持着一定的水准，整个社会也通过家庭和家族维持着一种有机的联系和基本的秩序。

现代社会自然不可能、也不必复原到传统社会。官本位应该打破或者淡化，权、钱、名应当有恰当的分流。但如何让乡镇成为一个有机的共同体，同时让乡土中国与都市中国也成为一个有机的共同体，则可能是未来中国最大的一个需要解决的问题。农村过去的大家族和退休文人官员往往能承担许多的社会功能，甚至一定的政治功能；但近代以来先是战乱与革命将乡村的权威摧毁殆尽，后来又是国家权力先一插到底之后又急速退出，近年汹涌的市场金钱关系也大大冲击和瓦解了传统的价值观念体系，高科技带来的负面作用看来也相当凸显——比如网络游戏就毁了许多孩子的学业，而外出打工才能挣钱、都市待不住而乡村又回不去则将核心家庭也弄得支离破碎。如果长此以往，“家将不家”，“国何以国”？

当然，如果看不到最近几十年取得的巨大进步，或者完全否定市场经济，可能并不公道也不厚道。和昔日的梁庄相比，梁庄的梁家人 1960 年前有两百多人，1960 年饿死了六七十人，就是到了 70 年代末，人们生活也还是普遍穷困，但现在人们的物质生活是大大地改善了，包括教师们也不致有被羞辱和批斗之虞，甚至可以说发达的市场经济终于给一直被压抑的某些才能提供了展现的舞台和发展的机会。在《美人彩虹》一篇中，一个普通的乡村姑娘彩虹看来却具有一种经商的特殊才能和兴趣，她开了一个“彩虹洗化”商店，多年来这个店从来都是早晨八点开门，晚上十点关门，即使她生孩子，妹妹出嫁，弟弟被枪毙，父亲去世，也雷打不动。彩虹坐在她的商店里得其所哉：

> 她坐在她的王国之中，周边是起伏有致的山河领地，她就是这领地中的王后，正忙碌而又有条不紊地处理国事。她的记忆力越来越准确，越来越细致，同一种货品，譬如牙膏，她能毫不费力地记住每种牙膏的价格，并在脑子里迅速换算出每种牙膏的差价，包括它之前的价格，涨多少，供应商给的回扣，卖出去的量，顾客的反馈喜好，等等，等等。她脑子里的每一个沟回，每一个脑细胞都被充分调动起来，散发着因不断思考而蒸腾出来的热气，热气腾腾的下面是一个巨大的、无边无际的网络，纵横交织，密密麻麻，深入进去，又条条畅通，每种货品张出一个网，各自的数字盘踞在各自的位置上，这一张网又和另一张网相互比较，重合，分岔，又各自前行。她的大脑就是一个精确运转的小宇宙，无边无际，又井然有序。

无论如何，这也是一种才能，一种特殊的才能，甚至可以说是一种在现代社会特别有用和被人看重的才能。据说，京东的老总刘强东对其商品也是如此地博闻强记。的确，彩虹的世界还相对狭窄，不仅是空间上的——她甚至多年没有走出方圆一公里之外；这种狭窄也是感情和精神上的——她因此忽略了她的朋友、亲人，甚至于她的丈夫。但这或许也是她的一种专注！焉知她如果走到更广阔的世界上去，不会也成为一方的“刘强东”？

但彩虹还是满足的。如果没有改革开放，她不会得到这种满足，甚至不会发现自己的这种才能，只是她的世界太单一，太狭隘，对其他的人太冷淡，这甚至限制了她的这种才能。无论如何，中国依靠它压抑多少年而终于释放出来的求利动力，又赶上了世界高科技革命的大潮，在融入全球市场中近年经济终于大幅崛起。但是，不管前台如何光鲜，在一个都市的中国后面还有一个乡土的中国——这也是中国，是不可推卸、不可剥离的中国。台前的要人、名人、富人追溯起来其实也都是来自这个中国。它是我们所有人的故乡，我们都是从它走出来的，我们如何使这“两个中国”不断接近，最后合为一体呢？否则，中国即便说是赢得了今天，也还有可能失去明天。

小说的最后一篇是《好人蓝伟》。蓝伟一直做学校的班长，对别人和公益的事业一直热心和公正，人们都看好他的仕途。但在一次跟着上面领导嫖娼被抓住以后，他的晋升之路就完结了，他回到了吴镇，只拿一千多元的干薪，妻子带着孩子也离开了他，他连过年也都在给富有的同学看管一个沙场。但他看来反而心安了，他依旧是一个热心人，通过他，几乎可以联系到所有过去的同学，他被所有人信任，一旦谁需要帮忙，他必定是第一个出现。他热爱吴镇和吴镇上的每一个人。他在作品最后的诉说，看来也是作者的声音。他想告诉那个爬上树、看到在其心目中代表一种信仰和坚守的阿花奶奶的俗态而失望的阿清，让他不要沮丧，因为人都还是会有尘世的一面，有时妥协也是美的。他希望彩虹也离开她的以店为家的地方，去海滩边晒晒太阳，吃一次少女时代最梦想的西餐。他也含泪想起了他的女儿。

蓝伟的这种爱，归根结底也是一种对大地的热爱，对人间的热爱。这爱也是一种和解：是与生活和解，与命运和解，与他人和解，与故乡和解。“仇必和而解”，“恨必爱而纾”，爱与和解不仅是我们追求的目标，也应是我们改造现实的动力。

八零后

韩寒想和这个世界谈些什么？

一

韩寒 2010 年出版了他最新的一部长篇小说《1988：我想和这个世界谈谈》（以下简称《1988》），但它虽然发行甚广，却在今年以来炙手可热而且奇怪地持续如此之久的有关韩寒作品（主要是早期作品）是否被代笔的争论中罕有人提及和质疑。而对于这样一种争论，批评者中是可以有人去阅读和分析作者的全部作品，尤其是去比较那些备受怀疑和不怎么被怀疑的作品之间的差别的。而被批评者也可以说："我以我全部的（甚至也包括未来的）作品为证。"这是因为，一个作家在艺术上达到某种水准之后，一般就会有他比较特殊一贯的风格。人尽可以看高或看低这种文学表达的风格，但不难发现它在作者全部作品中的一种连贯性。

和其他一些有才华的年轻写作者不一样的是，韩寒不仅有自己特有的语言风格，他还有自己的一些特殊思想或特殊的表达方式，他后来也更关注社会，似乎更擅长用杂文的方式评论时政。而韩寒的这些思想与其说是主要通过系统的阅读、推理和训练得来的，不如说更多的是通过直觉及生活经验本身得来的。他后来没有再像在《三重门》中那样不太节制地使用语言甚至有时到卖弄，他不再掉文袋，他现在的句子都相当简洁，说话的方式也变得朴素甚至不修边幅，或者说他只是急于要把他对这个世界的感受和思考朴素地说出来。但还是能看出来，这还是以前的那个他。他还是会不时露出那种对这个世界的幽默和调侃，也还是会机智地拆解和组合词汇而显现某种文字效果。

我不说这些文字是最好的或者是多么地天才，那非我的能力所及，更需要时间去判断。但我的连贯阅读的确使我已经初步地认为，虽然韩寒的前期与后期作品之间有变化，但在它们之间还是有一种明显的风格的连贯性的，甚至可以说在文学上有一种脉络清晰的进步。

艺术批评并非我的本行。我个人会对韩寒早期作品的文字技巧和新一代的少年生活略微感到新鲜和惊奇，但主要还是对其后来作品中的社会批评与人生思考更为欣赏和关注。韩寒的小说中所蕴含的思想自然不是学术的思想，不是经过系统和周密思考之后的思想，而是需要去挖掘的思想，是甚至作者自己也并不一定想得很清楚的思想（这也不是他的专长），但它们还是通过作品描写的人物与故事表现出来了。

二

《1988》首先让人感兴趣的是为什么“想和这个世界谈谈”，为什么不是做别的，而是要“谈谈”？

以第一人称在小说中出现的主人公陆子野有对自己少年时和伙伴打弹子的回忆，其中有个老是做临时工而无法转正的大人也参加了。孩子们都只有尺码一样的弹子，而他有大小不一的弹子。当他打别人的弹子时，他就用大弹子；而当别人打他的弹子时，他就改用小弹子。为此，他赢走了不少弹子。孩子们不堪欺负，尝试用自己的方式反抗。其中一个最勇猛的小伙伴10号说想要杀了他，结果是自己情急之下吞下了那颗大弹子而以为自己将要死去。后来，陆子野对他的表哥、大学生丁丁说了这事，丁丁说他要去摆平这件事，陆子野以为"摆平这事"是丁丁去找那个临时工，把他痛打一顿。但是丁丁后来告诉说，他只是去"谈了谈"，他说打架当然能解决问题，谈也能解决问题。为什么不直接选择打架呢？丁丁沉思许久，把手放在少年陆子野的肩膀上说："因为会疼嘛。"这"沉思许久"说出来的的确是很浅显的真理，但仍然是人们容易忘记的真理。

丁丁的确只是去找那个临时工"谈了谈"，他首先想了解为什么这样一个大人要参加孩子的游戏，且是以不恰当的方式去赢他们的东西。交谈中，他了解到这个临时工是有一个心愿：想买一个录音机录一支歌寄给他的朋友。于是，丁丁去借了他一个朋友的录音机为之录下了那支歌。

看来，"谈谈"就是要尽量理解对方，理解对方的处境与心愿，如果可能或者愿意，还帮助别人实现自己的心愿。我们其实都是有弱点又有欲望的人，每个人都有自己的意欲，而又有自己的力所不及之处，甚至有自己"犯浑"的时候，但即便对"犯浑者"，是否一定要诉诸行动的暴力、对身体的暴力呢？成年陆子野的确经历过这样突然袭来的暴力，当他正准备与一位"特殊服务"的女孩告别的时候：

> 突然间，房门被踹开了，踹房门的力量如此之大，门框的木屑都飞到了窗帘上。门撞到了墙壁上又反弹了回去，门口传来一声哎呀。我还在想是哪个服务员这么豪放，至少有十个人

破门而入。我都未及仔细看，被此起彼伏的“站住”“抓住了”“干什么”所包围，我早已经一动不动，周围的人还在源源不断地向我压来，我被第一个人反剪了手，脸被不知道谁的手按在地上，还有三只手掐着我的脖子，一个人的膝盖直接跪在我的腰上，两条腿分别被两个人按着，但是我感觉至少还有三个人要从人堆里插进来。我觉得很内疚，因为我身上已经没有什么部位可以供给他们制服，从他们进来的第一秒钟开始，我已经一动都不能动，但是他们却在我的身上不断地涌动，并且不断地大喊，不许动。

使人恐惧的首先和主要的是这种对身体的暴力，但有时候，一种铺天盖地而来的语言文字的“暴力”，对人格与名誉的“暴力”，对人的伤害也不遑多让。而我们每个人其实都是有自己的缺点、有自己脆弱的地方的。就拿少年陆子野最崇拜的心中偶像丁丁哥哥来说也是这样，他比较鲁莽的 10 号与丁丁哥哥两人说：“我觉得他就是一个粗制滥造没有文化的丁丁哥哥，他们是事物的两个方向，但却是同一样事物。10 号那样滥，但有时候能泛出亮光。丁丁哥哥虽然总是充满光芒，但他也有背对着我们的光斑。”而这两个人都是他喜欢的。或许陆子野的意思是想说，你要包容这个世界。由于我们都是有弱点的人，包容或者说宽容其实比什么都要紧，比真相要紧，甚至比正义要紧，或者说它就是一种适应人的真相的正义，它还尤其是一种适应现代平等多元社会的德性。

丁丁哥哥后来要远去北方，他说他要去和他们谈谈。陆子野问，你和谁谈谈啊？丁丁哥哥唇边露出微笑，急切地说：“这个世界。”然而，他再也没有回来。

三

这个世界是个什么世界？我们是怎样看待或对待这个世界的？这个世界自然是人的世界，也包括与人有关系的物的世界，但主要还是人的生活世界。我们每个人出生伊始都不可避免地要卷入这个世界，深深地嵌入这个世界。但我们还是可以有时至少通过思想脱逸出这个世界。这个世界是人们互为主体与客体的世界。而当我说要和这个世界“谈谈”的时候，我就不完全属于这个世界了，我脱出了这个世界，我变成了主体，有了主客两分。我也不仅是行动者和介入者了，而可能还是一个旁观者、一个反省者。

不是所有人都会这样，但的确有些人是像陆子野这样的：“我发现我生命里所崇拜的都是那些热血的人们，虽然我不是一个冷血的人，但我的血液是温的，我总是喜欢看见那些热血的人们，我希望我成为他们中的一个。我总是发现，当我在发呆的时候，他们已经在思考了，当我在思考的时候，他们已经行动了，当我行动的时候，他们已经翘了，然后我又不敢行动了。翘了的他们就成为我生命里至高的仰望。我天生佩服他们，希望他们身上的血能够温热我的身体。”他后来长大，第一份工作是做一个记者，他说：“我总觉得在所有的故事里，我只是一个旁观者，我总是想做一个参与者，但我总是去晚一步。我想，作为一个记者，总能第一个到达现场。但是成了从业者以后，我却想明白了，我其实还是一个旁观者，只是一个到得比较快的旁观者而已。但是我已经满足于记叙和记忆下来。”

这个世界上的人们会有无数的组合和分类。比方说从某种角度看，可以说有比较热血的人和相对冷淡的人，有积极介入的人和相对旁观的人，有醉心行动的人和喜欢反省的人，有总是想赢的人和也能服输的人，有错了也决不道歉的人和对了也适可而止的人，等等。又比如说，当说“问苍茫大地，谁主沉浮”或者“世界是我们的，也是你们的……”的时候，所隐含的世界和我们的关系可能是所有者和被所有者的关系，世界和我们之间意味着紧张、斗争、对战、占有、征服、输赢甚至主奴关系；而当说“我要和这个世界谈谈”的时候，则只是一种平等对话的关系。

有些人可能只是想战胜对方，压倒对方，而且打倒了再踏上一只脚，让对方永世不得翻身。但另一些人可能会想：你赢了又怎样呢？我输了又怎样呢？两千多年前的中国就有人说了，有些争论只是以最后闭嘴者为赢。但那是你说的输赢或至多是世俗的输赢。而我的确只是希望我把事情做得对，做得符合我的心意。

四

我们还是回到“这个世界”。《1988》的主要故事是讲陆子野开着一辆他入狱的朋友改装的、1988 年制造的车远行数千里，想去接朋友从监狱里出来，到了之后才知朋友已经死去，他只接到了他的骨灰。但这个最终目的作为故事并不是最重要的，重要的是在路上，包括在路上的回忆和发生的事情。他回忆了自己过去的一些朋友，主要有两个男孩：10 号与丁丁哥哥；也有两个女孩：他的初恋同学刘茵茵与漂族搭档孟孟（孟欣童）。而在路上发生的最重要事情是他遇见了那个做“特殊服务”的女孩娜娜，本来是一次偶遇，却变成了结伴而行。

行车者的“我”（陆子野）把“这个世界”比作国道，它不是像高速发展的高速公路、高铁那样壮观甚至豪华，而是显得有些衰落、杂乱甚至危险："国道就像这个杂乱的世界，在越无序的地方，我越能寻觅到安全感。这安全感的代价就是你要时刻集中精神，否则你就会被庞大的交通工具碾过。"而孟孟说，她是一个好女孩，但是刚刚来到这个城市，坦率地讲，她不能保证她不会变，因为这个世界就像温水煮青蛙一样。陆子野不同意这个说法，说青蛙一定会跳出来，但孟孟指出，如果上面盖住了锅盖，那就跳出不来了。如果正道上升的路被堵住，问题看来就比较严重了。因为如果机会公正平等，那么即便是失败者也可能比较心地坦然；而如果是正道堵塞而邪路盛行，加上机会利益结构固化甚至僵死，那么就可能所有人都心有不满或者不安，乃至群怨沸腾。有才华的孟孟看来正是遇到了这种困境，她想在影视圈内走正道成功却发现近乎无路，后来"黯然转身"成了青楼界的头牌。

作品的时间背景大概是在 1988 年之后二十来年的时间，这也是中国经济发展最快的二十年，但是，在小说中却是看不到这种繁荣昌盛的，作者关注的是另一面，是那些妓女、小偷、罪犯、流浪汉，是那些边缘人、畸零人。这些人还在，并不因为经济发展就消失了，或许还在这种发展背景下更加突出了。他是在聆听他们的声音，诉说他们的愿望，他自己也努力代入其中，成为他们的一员。

并不是说这部作品就反映了中国全面的真实，但它却反映了一个真实的侧面，而且是一个我们理应最关注的侧面，借用韩寒的一个批评者所言，作者在此也是站在"边缘、差异、被拒绝、不受保护、质疑、冒险、失败、缝隙和真相一边"。如果说作家应该有立场的话，这也是一个作家最应选择的一个立场。

五

如果说10号与丁丁构成一种对比，那么娜娜和孟孟也构成一种对比。娜娜没有孟孟的那样一种才华，她也没有受过多少教育，没多少姿色，她只是来到了一个小城镇，即便在她的行业，也是处在比较底层的位置，不像孟孟一入此界就成为娜娜们的一个梦想和传说。

娜娜是卑微的，甚至连她的理想也是卑微的。她想从洗头店升到桑拿中心去。然而，她却受到了来自各个方面的欺凌和侮辱。她和她的姐妹们也还想努力保持自己一点微薄的尊严，总想留一点特殊的东西给自己现在或以后真有感情、共同生活的人们。但她们的愿望总是落空。娜娜最后怀上了不知是谁的孩子，她决心做一次母亲，无论如何都要把这孩子生下来。她准备努力多存一些钱，养大她的孩子，让其能够健康成长，不像她那样生活。然而，她还是不断遭受挫折。陆子野正是在这个时候遇到了她。本来也是萍水相逢，但有一些事情感动了他，还有上述的一起被抓把他和她牵到了一起。他开始关心她，希望她能顺利出来。他想："不知道这个孕妇此刻在做或被做着什么。我想她只要亮明她的身体状态，她就能从里面出来。无论是多么面目狰狞的人们，除了他们指着鼻子骂我以外，我其实始终都能记得他们不经意间的叹息，我……（想那）是不经意间流露出来本是同类的交流。但当我想去挖掘的时候，大地马上就把井盖给盖住了，说，朋友，你想都不要想。"

人们常常会掩饰甚至否定自己的恻隐之情。然而，这世间毕竟还是有怜悯。这种怜悯不应是居高临下的，而是你就在他们之中。这种怜悯还是一种怀念。在这本书中，怜悯是特别对着女孩的，而怜悯者则一般是男孩。而最深的怜悯，应该是向着最卑微者。当然，也不是满世界去寻找可怜的人们，或者说，一旦开始怜悯就完全献身。那是圣者之举，而陆子野只是一个凡人。她的钱又一次被罚没。他可怜她，但还是曾经想悄悄离开她。在给了她一笔钱让她先去找旅馆之后，当“娜娜转过头去的那个时刻，我说不清是解脱还是不舍，我想，对于不相爱的一男一女，在一个旅途里，始终是没有意义的，她的生活艰辛，我愿意伸手，但我不愿意插手。我有着我的目的地，她有着她的目的地，我们在一起，谁都到达不了谁的目的地”。于是他开车走了。但他还是怀疑自己这样做是否对。他想：“我告诉自己，不能看不起娜娜，不能看不起娜娜，但我想我的内心深处还是介意她与我同行。无论如何，这个人已经在我的生命里过去了，唯一留给我的问题便是，我应该是像期盼一个活人一样期盼她，还是像怀念一个死人一样怀念她。但这些都无所谓，长路漫漫，永不再见。”

然而，他和她又一次巧遇了。如果说这就像是命运的安排，那么最好就不要分手了。他细致地照顾她，尊重她，但也笑说：“娜娜，你千万不要觉得我爱上你了。娜娜，你不会爱上我吧？娜娜说，不会，不会，你放心，这点儿职业操守还是有的。”陆子野并不觉得自己的关照就纯是施舍，而是想，“她也许也会是我建筑自己的一个部分”，因为她是如此地勇敢——自己都这样了还敢把孩子生下来。最后她和他一起到了他的目的地。然而，当娜娜去医院检查身体时发现自己染上了艾滋病，她不告而别，陆子野开车寻找，在这座江城来来回回耗掉了十多箱汽油，去了几乎所有的旅馆和桑拿，问了每一个餐厅和网吧，但再未找到娜娜。在寻找无果以后，他回到了原来的地方。两年以后，正要出发的时候，他接到了一个娜娜姐妹的一个电话，说有一个孩子托付给了他。

陆子野的朋友以及他接触的人似乎都是失败者。他说他并不是没有成功的、活得很好的朋友，但他们一旦成功，往往就变得不那么让人喜欢了，就不再是朋友了。并不是说这个世界就没有正当的成功，没有值得的欢乐，但成功者不寂寞，欢乐无须再安慰，急需注意的倒是那些落魄的人，是那近乎喑哑的声音。梁漱溟曾经问过一个问题：这个世界会好吗？我们不知道，但我们至少可以说，只有当这些人也都生活好了，都有尊严有体面了，我们这个世界才算真的好了。

六

在路上的主人公那里有一种潇洒，也有一种忧伤。在作者那些看似散漫忧郁的文字里还有一种情义：那是对已经“倒在路上”的朋友的情义，是对一个风尘女子的情义。

陆子野还做记者的时候，有一次采访一个非常成功的商人，这个商人说，“没有人是永远有情有义的”，他说在他的事业开始的时候，他是有情有义的，在事业壮大的时候，他是无情无义的，现在它成功了，他又变成了一个有情有义的人。

这可能是一句遁词。虽然无论什么时候有情有义都总是好的。但情义本身还是应当一贯的，也是非常宝贵的，而落魄时的情义尤其无价。无论生活多么孟浪和潦倒，人还是要有情有义。这情是同情，就像上述对那些女孩。这情也是友情，就像陆子野开车跋涉五千多公里去看一个死友。而这义也就是情之后的承担，就是担当。该担当的也就必须担当。人们并不是要去到处发现情义的对象，但却可能路遇。而遇到了也就必须有所担当了。

还有对自己的责任。个人的生活可能一段时间甚至持续地是潦倒的，但我们还是要坚定地站着。外在的生活可能是混乱的，但我们还是要努力在内心保留一点清晰。看不见前程的生活是凄惶的，但我们也总还保留着一点希望。你也许不会多么留恋生命，更不会如何整天保健养生，但你也不会随意冒险，随便折腾，还是会力求好好地活过这一辈子。

无论如何，我们与这个世界的关系还是十分重要。我们依赖于这个世界，但我们又需要保持自己的某种独立性。主人公很珍视一种人格的独立性。10号主要是行动者，而且常有负面的行动，招人反感的行动，“10号的性格从小这样，在他小的时候，周围有不少人讨厌他，但这就是我没有讨厌他的原因”，因为在他那里，也还有一种真实的特立独行。

但这种独立性对喜欢思考与反省的人们比对行动的人们看来更加重要。陆子野听丁丁说：“你懂得越多，你就越像这个世界的孤儿。”丁丁还告诉他，“有些事情可能所有人都觉得是对的，但却可能还是错的。”但“当我刚刚开始知道什么是孤独的时候，我又被他们接纳了”，或者说，同化了，消化了。“这个世界之大能让你完全把自己洗没了”。

独立除了内心的警觉，也还需要一些外在的自由条件。当主人公从拘留所里走出来，他感到：“这个世界上没有什么比从高墙里走出来更好，虽然外面也只是没有高墙的院子。”这句话可以是对外面仍不够自由的批判；但这句话也可以反过来说，即“虽然外面也只是没有高墙的院子，但这个世界上还是没有什么比从高墙里走出来更好。”我们还是要首先争取可能获得的自由，例如人身的自由，防止对人身的无端限制与随意侵犯，信仰与言论的自由，再进一步扩大其他方面的自由，虽然自由也不是无限的。

而获得独立自由也需要自身的意志勇敢。小说中有一个隐喻，一粒种子生长啊生长，但被流沙缠住了二十多年，被灌输说自己只是一个植物，但后来他毅然往上一挣扎，其实也没有很费力就离开了流沙，才知自己原来并不是一个植物，而是一个动物，可以自己决定自己的去向。他走前回头看了流沙一眼，流沙说，你走吧，但别告诉别的植物其实他们也是动物。

而今天摆脱了或正在摆脱思想羁绊的人们的一个任务，恰恰是要告诉其他的人们，他们并不是植物，更不是螺钉；他们还要告诉别人，也时常反复提醒自己：我们也不仅是动物，而且还是人。

七

什么是我们来到这个世界的目的？娜娜说："你说我们到这个世界上来一遭，不就是为了找个喜欢的人，有个孩子，这就可以了。"这可能是许多人的愿望。主人公所说的没有这么具体，甚至更加低调："我坚信，世界就像一堵墙，我们就像一只猫，我必须要在这个墙上留下我的抓痕"，"我在这个世界里留下了东西，那我就死了都无所谓了，只要我能够证明我来过这里，我就不怕死。我从来不觉得我应该属于这个世界，这个世界是我们去到真正的世界之前的一个化妆间而已。"也就是说，人生在世，只是为了留下一点痕迹。但会不会最后还是其实什么都留不下？妓女也罢，伟人也罢，最后谁的痕迹也留不下？我们现在生活的这个世界是不是完全真实的？是否还有一个真正的世界？而我们只是走向这个真正的世界的一个过客？这可涉及人类最悲哀、最无望的地方了。但希望的一个途径也许正是通过绝望。

而在现在的这个“化妆间”或者说“舞台”，我们其实就都是演员。我们有可能变换角色，也可能不变换角色；可能是主角，但更多的人、更多的时候还是配角；但我们都不妨努力演好这出戏。而那个更真实的世界可能还要考虑我们在现在这个世界的表现。

这只是引申。但有一点或可比较肯定，那就是：如果此世的目的地不是那么重要了，或更准确地说，因为无法明确把握而变得至少我们故意不让它那么重要了，那么，过程、或者说“在路上”就显得很重要了。“在路上”甚至就成为一些人一种固有的生活方式。但会不会是这样呢——那些总在路上的人其实又是最想有目的地的人，或者说最有渴望或追求的人？小说中如此写到在路上的人们的观感：

> 这是在路上，旅途上的黑夜除了苍茫和畏惧以外，没有什么好形容的，无论是多么奇异美丽的地方，到了这一时刻，都只留下一样的凄然，有一些莫名亮着的路灯，光的深处不知道藏的什么，唯有一些集镇和补胎店能留下一些安全感。在月色里，我能看见视线穷极处的远山，黑压压的一座在深蓝色的幕布里，我开始胡思乱想那些山里的人家，不知道他们守着群山能做什么，也许夫妻俩洗了脚以后窝在床上看新闻联播倍感幸福。但他们能遇上对的人吗？他们如何相恋？山里遇上一个人的几率有多少？好在对他们来说，生活也无非是砍柴打猎，有大把的时间静候着。当然我相信，移动着的人永远比固定着的人更迷茫，我总是从一处迁徙到一处，每到一处都觉得自己可以把饰演了三十年的自己抛去，找到自己性格里的 10号，然后这就是我固定的戏路。我多么羡慕10号，他从出生到死亡，

都在同一个地方。在我们这个必须不停迁徙的国度里，这比活着更显得弥足珍贵，而我却被每一个陌生的环境一次次摧毁。也许照着他的样子发展下去，他必然会被投进大牢，但是那又是一片十多年不变的环境，他拥有这扎扎实实的安全感，他虽然在这个世界里是亡者，但他在这片小小的土地上是王者，他连死都要带走我一直冰封着的女人，我却不曾怨恨他。

是的，尽有安居的人们，尽有在固定职业和固定地域中生活的人们，但也还是有在路上流浪、漂泊和跋涉的人们。行路者也许最终也还是无法确定自己的生活目的地，但他们即便是在路上，还是想至少找到一种心灵的安定感。

八

有一种小说类型或可就叫作“在路上”的小说，比如就以此命名的凯鲁亚克写于 1957 年的小说 *On the Road*，又比如塞林格的《麦田守望者》。

西方 20 世纪的五六十年代，是一个年轻人开始反叛的年代，或至少是文化趋于明显断裂的时代。比如我们看《麦田守望者》的主人公霍尔顿，一开始就满嘴脏话，对狄更斯的小说颇为不屑，认为是“大卫·科波菲尔式的废话”。然而，也就是这个看似放浪和不负责任的主人公，内心深处还是对自己也属于其中的“孩子们”有一种深深的同情和伤感，乃至于他的理想就是要做一个谨防正在狂奔游戏的“孩子们”掉下悬崖的“守望者”。在中国，这个文化转变的时代来得也许要晚且和缓一些，但我们还是看到了“80后”与他们前面的作家的明显不同。他们更真实、更坦率，也更勇敢。但我们也同样看到了责任与怜悯在他们心灵中的生长，就像我们在《1988》中所看到的一样。

我们所生活的这个世界的确并不尽如人意，甚至可以说还不是一般地不尽如人意。但我们对这个世界还是可以有所作为，可以努力地改善这一世界。我们可以努力地去消除许多人为的苦难，让所有人都过上一种比较体面的生活——比如让有才华的人们如孟孟们能正当地在她们心仪的领域取得成功，让没有特别耀眼才华的人们如娜娜们也能实现自己的合理生活理想，而这些都需要通过制度的改善来稳定地予以保障。

2012年，在这样一个似乎有着诸多变数之年，你也想和这个世界谈谈吗，或者说，谈些什么？我自然不能回答这个问题，这其实是每个人自己的问题。的确，有很多比我们今天的一些争论重要得多的话题，比如法治，比如民主，比如自由，比如公平。但愿我们的努力能使我们日后在回顾中这样说：2012年，希望开始的一年。

（原刊《信睿》2012年第4期）

生长着的写作

——何怡《旧欢如梦里》序

我应邀为女儿的这部小说写一篇序，为此按顺序重读了她从中学、大学到读研期间的作品，看到了一个将写作当作自己生活不可或缺的，也许还是最内在的一部分的孩子的“生长”印迹。而在近三十年，人们的写作活动从内容到形式、从目标到工具和传播手段本身也经历了一个极大的变化，我也愿就此谈一点感想。结果这篇序越写越多，也变成了一篇“生长着”的长序了，其中尤其对她的写作萌芽时候的情况记述较详。我想，这也许可以作为一个“80后”作者“生长”的个案。言归正传，我就先从女儿小时候的事情说起。

童年

女儿是“80后”。我也是“80后”，但是是读研的“80后”，我1984年读硕士时已经30岁了，带着孩子的时候，有二十来岁的学弟学妹们会好奇地来看我和我的孩子一起玩。那时我的家庭还是两地分居，女儿和妈妈住在南方，我在北方求学，寒暑假才回去。有一年她阿公出差来回路过北京，放下她在北京和我住了几天，她还只有三岁多。我带她去大钟寺，在许多卧着的大钟之间捉迷藏，她高兴得咯咯大笑；而当带她去圆明园看斜阳下的西洋楼废墟，她突然哭了，是不是她对那废墟的“美”和“废”已经有了什么感觉？

她是从一年级下学期开始写日记的，先是大人和她一起说，一起写，后来她就自己写了给大人看，当然，再后来就自己写了不给大人看了。再就是从小喜欢看书，到街上去买东西，只要把她放到书店里，就完全不用管了，买完东西再来，她还在读着书不肯走呢。有时她犯了错误，就特意惩罚她三天不许读书，她那几天的情形就会像犯了鸦片烟瘾一样难受，哀求不已地要求“解禁”：“让我看书吧！让我看书吧！”当然，这其实也是可偶尔用用的从反面刺激她读书兴趣的办法，是从《汤姆·索亚历险记》里学来的。

那时也没有电脑、网络等其他诱惑，家里人也很少看电视，所以读书的时间比较多，也有一种气氛。她后来回忆到，那时她比较喜欢看的是意大利童话，“当然，最喜欢还是安徒生，他的童话有非常温柔的地方在，安静而又美丽，自然地就在茶壶中开出接骨木的花朵，他的童话让我想起暖洋洋的晴日，悲伤的结尾又甚为婉转，让人心里好像什么树枝折断了一般，发出轻微的脆响。”她心里好像有一个童话的世界，每天上学的路上一棵老树上有很深的树洞，她深信不疑里面住了蓝精灵，经常问大人它们今天过得怎么样，还要做饭给它们吃。

她在回忆她童年好友的《可可》中写道：“用少量时间写作业，用睡前美丽的时间看书。喜欢看童话，因为觉得可以有不同的世界。那时候最喜欢快快洗了脚，躺在被窝里看书，手边一杯热水。”但是，她已经害怕时间了。“闹钟总是嘀嗒作响，我很害怕，那是时间过去了。时间过去了就不会回来，一件事情，再是后悔，也不能重来了。那时候唯一恐惧的事情便是时间流逝，想，在我想的这一刻，我这一刻的时间已经走远，我永远都握不住现在。”那时，可可来家玩，两个孩子有时会预想到后面还要有分别，竟然一见面就先伤心地抱着哭起来了。

她比较系统地接触中国古典好像也不是太早。记得她小学毕业的那个暑假，时间较长较松，我要求她背完《论语》和《道德经》，读一点庄子和孟子。令我好奇的是，她对《论语》记述日常生活起居较多的《乡党》一篇似乎最感兴趣。后来她自己对中国的古典越来越喜欢了，但不是古典的哲学，而是古典的文学，有时我甚至会觉得是太喜欢了。当然，我们也有许多同好，比如说都非常喜欢读克里斯蒂的推理小说，猜测可能的凶手。

中学

到了中学时代，初中第一年，有意让她不坐公交车，也不骑车，而是每天来回走五六里路上下学，一年走下来，女儿变得结实多了。后来我们搬家到了六郎庄的一个农家小院，那时的六郎庄还比较安静，不那么乱，我们在那里住了三年，经常去颐和园。每年春天来临的时候，总有大片大片的小紫花生气勃勃地开放，但不知为什么，这种花总会让我感到有些忧伤。我后来读到，她对这种花也有一种很特别的感觉："小小的紫花疯狂地开满原野，骑车穿过荒僻的堤岸，车轮在石板上有节奏地颠荡着，那些小紫花我到现在还是不知道名字，它们开到满溢而失去形状，我只记得那个颜色，那是记忆中真正疯狂的春天。"的确，那一大片一大片小紫花的生命力的洋溢使人印象深刻，但我看它们是快乐的，又是忧伤的；是欢欣的，又是哀愁的；是期待的，又是回忆的。当然，这后一种感情大概是我独有的。然而，颐和园的花季还不仅此："过了桃花的时节，然后开满不知名的小紫花，疯狂地开了一原野——颐和园，我骑着车凌风而过，有流水盈耳，然后空气中满溢着紫丁香的余温，然后白玉兰，待到它谢的春末夏初时节，鸢尾开了，再以后，再以后，是五月槐花，槐花以后，我所知的地方就开始绽放莲花。”（《春日黄昏和弦》）

中学她就不止于写自己的日记和学校布置的作文了，而是开始自己写各种体裁的文字：散文、诗歌、书信、小说或者不知是什么——一段构思、一段对话、一些零碎的回忆。她的功课并非最好，在人大附中，她一直读的是普通班，成绩总在第三名左右，有一个学期末，她的班前两名被抽调到试验班去了，于是冷不防地，她一不小心成了第一名，但很快又自觉地退到了第三。到上高二的时候，我们搬家离学校远了，她开始住校，更多地和她的同龄人交往了，她也越来越有了自己小心保护的世界。真正重要、自发、抒情或思索的写作主要还是在高中。

或是由于对时间或者说消逝的敏感，她很早就开始了回忆，甚至在还没怎么开始生活的时候，就开始了回忆。那时她似乎渴望故事，渴望阅历，“故事很多，但没有一个是我的”。她临街观景——注意人们的脸、眼睛和发色。她也开始幻想——“末世纪的爱”，似乎是一篇小说的片段，写末世纪的杀戮。在她写的《没有天空的城市》中，一切都是人造的，人可以不断重生，“我”已经重生了四次。《荒芜》一篇想象了一个“人”灭亡后的或许再一次循环——一个猎者的故事。

她也开始思索，尤其是思索生死、思索灵肉。在题为“唉，太长久”的一篇中，似乎是一些日记，她写道：

前几天，上体育课之际，见到一个同学摔断了臂膀。

没有亲眼见的，也庆幸没有看见，我害怕。肉体的痛苦是无法超越的，正如对死亡的恐惧。我看到别人受伤，会如同身受般惧怕。因为我实在已深深惧怕，自从我六年级绞伤了手指。

到底生与死是怎样的分别，因为没有经验我亦不知。

我深深深深地惧怕死亡。

人总是以自己为中心、不在乎自己在一切中的地位的真相，于是会问这种问题。不过太渺小化自己，又何必生存？

今晚冲进夜气之中时，尝了一片青绿的叶。

嫩芽，新长出来，可是那么苦涩。

也许这就是生命的最初。

但是，她也自问："没有死亡，对于我，生命是什么东西呢？"或者还可以说："没有痛苦和忧伤，欢乐又是什么呢？"《春天》似乎也是一篇小说的片段，也是和死亡有关。那是一种凄美的浪漫主义，而和死亡有关就更加浪漫。开始写作可能都是这样，总是有点浪漫主义的，有点宏观叙述，会莫名其妙地为一些事甚至一些词悲伤，也会莫名其妙地为一些事或一些词而激动。

《忧郁》或《底色》我以为是她中学时候写的一些较好篇章，里面叙述了一个故事，这时的叙述也比较圆熟，有自己比较鲜明的特点了，而那种感觉往往是在一瞥中就已经确定了的，即是一种直觉。作品的主人公小渡以第一人称写道：

多漂亮的眼睛啊！

这是我看到澈时的第一感觉，拥有那样眼睛的人，一定很幸福吧！

细长而优雅的眼睛，纯黑的瞳色，黑得可以融入黑夜，澈的头发也是纯黑的，他这个人，是可以完全消失在黑夜里的。

这样的眼睛，这样的面孔，为什么会长在澈的身上呢？还真是奇特，因为澈是一个与黑夜无关的人，笑起来可以灿烂得如同光，好像从没有任何往事可以刺痛他的心。

后来有一次小渡给澈讲了一个所爱的人突然死去的绝望故事，然后有一天她告诉他，那个故事其实是真的，活着的主人公就是她自己。“是啊，‘那个’就是我的故事，那个人，叫作昂，你知道吗？我受不了了，已经再没剩下什么了，只是悲哀而已，去拉空气中的手，可是什么都没有，我受不了了。”“我忽然哭了出来，歇斯底里般地发泄，我只是想哭，一直哭下去。澈抱住了我，我就尽情地哭着，一直哭到再没有一点力气。”然后是：

“要救你什么时候也不晚，可怜的傻瓜，你不知道吗，你已经忍受太多了，也太久了，说，小渡，说，你爱我，一直。”

当那句如同梦呓一般的话脱口而出，我看清了阳光下澈的笑容，恍惚间，我以为昂在微笑。

不，昂已经走了，永远也不回来了。

现在的，是澈，我以为肤浅的，却最清楚地看透了我的人。

他有着不般配的黑色眼睛和阳光一样的笑容。

当他明了我的忧郁时，我就开始爱他了，或者，更早以前，甚至在死一样的寂寞之中。

那一刻，我直视着他的眼睛，冰封的寂寞开始在眼中融化。

我们后面将看到，说出“我爱你”这句话对说者和听者都十分重要，但又绝不轻易，绝非儿戏。在什么情况下会说出这句话，哪怕对说者来说也是神秘的。而一旦说出来，它可能产生魔力，但有时，有时深藏了几年的感情，说出来却被当作玩笑，在大家的哄笑中就此结束。

作者也在追问：欢娱生活的底色是什么呢？回答是忧郁、寂寞，甚至绝望。可是她也在说：绝望可以在新的爱情来临时冰融。还有《都市奇葩》，像是一篇小说的构思，也是关于爱情。最后作者写道："然而我想，很多人，即是如此，差一点点，只差一点点，就是幸福了。"

那时女儿真是什么体裁都写，也什么题材都写，当然题材还会受到她阅历的限制，所以常常不是写实的，而是浪漫的，甚至怪异的。故事发生的地点是在埃及、巴比伦、楼兰古城、欧洲古堡，超越时空，经常做白日梦。比如"所有的，所有的我"，是在土耳其香料的烟雾中，幻想了一个深宫中发生的悲剧。大概也是在那时，她也发疯似的爱上了中国的古典，甚至从许多人物的名字就可看出：像离、荆、澈、罡、也寒、染蝶、林笑烟、颜轻青……

不过，有一些后来反复出现的主题这时就已经出现，比如说相遇。她写两粒"无端相遇的微尘"，自此不再见面，但是，"让我记得你好了，对上帝来说，让我们相遇，已经是够善良的安排，让我们都正值华年，都怀着温柔的怀念，让我们不再见到，不会厌倦，永远新鲜如同昨日。"时间，美的消逝，相遇，错过，铭心刻骨而又终成陌路，这样一些主题我们将在她以后的作品中反复看到。

可能她最长久执着的是一种对时间、时光流逝的特别的乃至恐惧的感觉，是一种哀叹美随之逝去的忧伤。以下是摘自她的一封信："时光一向是我恐惧的东西……我永远也抓不住时间……在想要保住这一刻时，已经是下一刻了，时间无法留住。……所有美丽的都会毁灭，喧嚣的都要沉寂，往往剩下的，已远非明丽的情节，绚烂的光影，而是黑白错杂的骨架和残留的余味，往往只是想起来，昔日的那个黄昏多么美，才发现，那已经是最后一次的夕阳。”所以，她的一篇作品就叫《已逝、将逝、未逝》，还有一篇叫《停一停，你真美丽！》。其中写道：

> 然而我最喜欢的是《浮士德》
> 因为，我终于听到那句在我心中千百遍重复的话被说出来，
> “停一停，你真美丽！”

对时光流逝的恐惧是和对美的欣赏紧密联系在一起的。没有对美的敏感，大概就不会有这么强烈的对时间的恐惧。而她一直渴望着美，追求着美，也敏感着美。她说：“我不喜欢那种背诵一样的套话，抑制的、过度早熟的虚伪笑容，那种被称作‘祖国花朵’的模范儿童，在我的阅读量增大之后，我所渴求的是另一种东西，一种热烈的真实的阳光下的生活，同志向相投的人在一起，为了一个目标一种东西可以抛弃一切的决心，一种如同初生生命一样最纯洁的，不带渣滓的渴求，那是伟大的，犹如飞蛾所追逐的火焰，那时，一个沉重的声音在我胸膛深处响起，那是美。”“所以我留心倾听周围的声音，所以我喜欢有阳光的早晨，所以我乐于观察一切微小而喜悦的变化，所有被人们忽略的东西，有一种令人惊艳的无法言喻的美，后来我发现，大多数美丽的东西已经遗留在古代了，因为进化的结果是迟钝。”

但也并不总是悲观，甚至这种悲观中是不是还有“为赋新词强说愁”的成分？毕竟生活基本上还是欢乐的——如果不注意流逝而只紧紧把握住现在。青春的生命也总是很快就能欢快起来，青春的生命能够很容易地治愈自己。她回到南方，回到故乡，经过狂乱的一夜，想着怎么也想不清楚的人生、死亡，但“入睡前最后一个念

头清楚而明晰：明天会有一个明亮而美丽的早晨”。

她喜欢凡·高的画——《星月夜》《日光和播种者》《阳光下的果园》《阿尔的吊桥》，自然还有《鸢尾花》。后来她回忆道：“那时候我好像总是有东西噎在胸口，总是写，也总是对生命的方方面面有无限好奇，那是我的末世，我的 1999 年，对于别人平淡无常的，对于自己却是可歌可泣，从来如此。那是可以写诗的年代，因为刚刚接触到一些激烈的关键词，比如死，比如爱。虽然真是不懂，但是真的以为自己是懂的。”

我无力判断她写的诗，年轻的时候真是什么都写。2000 年 4 月 28 日，一个周五，她在高考前夕的英语统练中写下了如下的诗句：

我没有见到透彻的天空
没有走过别人的爱情和死亡
我永远只是金色麦田中的稻草人
有空洞眼睛　有腿　有画出来的嘴
采集阳光的芒刺
……
向左看　是自己的肩
向右看　仍然是自己的肩
……

大学

女儿喜欢文学，喜欢写作，但在高中分科的时候并没有选择文科而是选择了理科，这也许是为了试试自己另一方面的能力，或还因为她觉得从理科随时可以回到文科，而一旦选择文科却不能再回到理科。2000年她考进了北大读生命科学，但最后毕业喜欢的还是心理学。大学理科的功课很紧。她似乎不像以前大把地挥洒自己的感情和绚丽的想象了，对文体和文字都比以前更讲究，也更连贯，不那么跳跃了。也就是说，她写得较前节制和朴实一些了，每一篇的篇幅也长一些了，而且细节和语言也精练起来了。

大学的生活不知是不是真的像她的作品中的一个主人公所写的那样："一段时间，我可以把喜欢上的乐队的十几张专辑全部几百遍地听完；另一段时间，我可能疯狂迷恋于色彩游戏，或为着不同质料的编织品而沉醉不已……我永远也不知道我下一分钟会对什么发生兴趣，生活因我疯狂的求知欲而完全袒露于我的面前。"当然，另一面也有安静的"冬之夜，视睡如归"（张爱玲语）。

而对时间的敏锐而又有些忧伤的感觉依然如故，如《前尘》，如《一些有关银杏的往事》。还有一个剧本《宿命三节》，其中命运之神最后的话语是："你难道还不明白？这些命运，我有什么能力操纵，宿命不过是时间与人啊！"她喜欢戏剧，在北大坚持参加的唯一社团好像就是戏剧社；而且，已经开始有了回忆——以后的回忆还会随着阅历愈多而愈多。中学时，她虽然有对时间的敏锐感觉，但那还是比较一般的，没有填充很多具体的生活内容，且更多的是对时间流逝，最后是死亡的一般恐惧和想象，大学就开始了比较具体的回忆，并在回忆中同时觉得忧伤和幸福。

而时间之轴不仅有过去的一端，还有现在和未来的一端，对过去是回忆，对现在是观察，对未来则是憧憬和想象。在《咖啡馆色相》中，作者说她喜欢翻看留言簿，喜欢观察咖啡馆里"形形色色的脸"，尤其"暗影中二十余岁女人的脸"，看到她忽然暗中放松一下自己，

“仅只那一刻，因于寂寞的疲倦便明白无误地流露了出来，再也无法挽回”，还有“坐在上楼梯的转角处的男人，有着美丽的手指”。

就像时间是连续的一样，回忆、观察和想象自然也是常常融合在一起的。青春甚至更多的还是对生活的渴望，对美的渴望，最不济也是对变化的渴望，渴望着在平静的生活里发生一点什么，总是“在路上”，心里幻想着“相遇”，却还是常常“错过”。有多少自己不知道的生活，希望着进入，但又不敢贸然进入。常常“安静地期待，好像有什么想象不到的美丽的事就要为我一个人发生”，“想这世界上什么地方一定有一个人可以完全地了解我”。

题为“在路上”的一篇是一个邂逅，主人公住校，每周搭两个小时的公车回家，“两个小时的时间把铁锈的气味染上手指，把肿胀的脚站到酸疼，听我喜欢的曲子直到烂掉；两个小时的时间把呼吸投到玻璃上，看车内与车外的人流水一样潺潺而过，就这样肆无忌惮地浪费着自己的人生；两个小时的时间任幻想在空气中开出花朵来，丝线一样蔓延，没有人知道我的心”。然而，有一天，这个女孩看到一个男孩，忽然感觉心里好像有什么东西突然折断了，于是“生平第一次爱上了一个人”，于是有漫漫的等待，甚至悄悄的跟踪，但并不去和他说话和交往。大概那个年龄是一定要爱的，那也是爱青春，爱生命，爱自己的爱情，“我会走进他走进的那个门洞，上到顶层，然后推开窗子，长时间地看月亮，那时候我甚至不再期待他出现了”。那时候容易爱上“爱情本身”，想象“爱应该是某种像藤萝架的鱼骨一样的干燥和清洁，而所谓执手以待或所有后面的故事都不再要紧”。

上面的“邂逅”其实就还是一个单向的“邂逅”。然而，还有完全的错过——这种“错过”是“一次又一次地擦肩而过”。在小说《相遇》中，两个气质和趣味相当投合而又有不同却可互补的男孩女孩已经相当地接近了，但还是没有相遇，她和他从小就可能在小巷或树林远远地瞥见过影子的一闪，或听见过相互的声音，或闻过同样的花的香气。大了两人曾在网上互相回帖，无意中拍到过侧影的照片，看到对方在街对面的电话亭里，甚至最后一次在雨夜的路上相逢，并一直朦胧地渴望着和对方相遇，但还是没有相遇，甚至没有看清过脸的样子。但这或又已经是“相遇”了，是一种心灵的“相遇”——是宛如上帝般的作者使他（她）们在读者这里“相遇”了。

这篇小说是采取男孩和女孩分别叙述的形式（就像在《合欢》中一样）。他（她）们各自从自己的童年开始回忆。男孩喜欢成天地在巷子里漫无目的地走路，渴望着“走失”，让那些太忙碌而总是放任不管自己的人为此伤心，可是黄昏又莫名其妙地发现自己回到了家门口。女孩十三岁的时候喜欢看宋词，“秘密的情感就像南美洲疯狂生长的热带雨林，藤蔓状地爬满了我的心，在内心中渴望美丽事物的欲望犹如撕心裂肺一样地痛，渴望别人可以理解我心中所感到的美丽……”男孩上中学了，成绩与缺课记录成反比地僵死在第一名，喜欢逃到野外游逛并和人打架，但有一天他突然发誓不再打架，也许是因为时候到了，也许是因为他远远看到并觉到了一个内心和他一样寂寞的人。最后他（她）们都上了大学，都经常到一家卖古怪小东西的店里去淘一点自己喜欢的物件，有过一些未曾谋面的交集。大学四年要毕业了，女孩要出国，男孩也即将离开这座城市。这时他最后一次到古董小店里去，路上看到一个穿黑衣的女孩撑着雨伞走过来，雨水迷离，看不到她的脸。他忽然有一种强烈的冲动，觉得这就是自己所爱的人，是千千万万人里唯一与自己契合的一个，但却终于没有上前。到了店里，曾经看过图片的陶器又被人买走了，店员说：

“跟你抢了好几次东西的那女孩刚走，穿黑衣服的。”

“哦，是的，刚才看到了，不过没看到长什么样子。”

“你们真应该见一见，争了这么多年的，那时候其实她常在旁边喝咖啡的。”

居然从未一见。

“下次呀，下次你们就可以一起来了。”

“可是我明天下午的飞机。”

大概永远不会有“下次”了。故事就到这里结束了。没有名字，也没见过相貌。大概不会再相遇了。不一定每个可能的相遇都真的相遇。而我们的一生中可能有不少我们隐约知道甚或完全无知的这样的“擦肩而过”。《相遇》实际上没有相遇。很可能相遇，甚至就差一点点了，但还是没有相遇，也就是“擦肩而过”。于是这个男孩和这个女孩生长的痕迹就像两条距离很近、但各自笔直的平行线，哪怕其中有一条稍稍向内倾斜一点也可能相遇。但还是没有。有多次在同一个时间和狭小的空间里的共同存在（甚至可以说这是“重合”），甚至可以说各自的存在已经给对方以某种隐秘而重大的影响，但生活的道路还是没有相交。这两人自己也不知道，他（她）们两人本来可以多么适合，或至少会发生一场多么轰轰烈烈的爱情。

这应该遗憾，但是否也有欣慰？没有再深入是错过了一个喜剧还是避免了一个悲剧？是否保持这样一种距离，保持这样一种含蓄更好呢？这种保持是出于一种天性的矜持，还是出于一种对命运的畏惧？作者一边问道：“没有开始的结束，是不是也是一种永恒？”然而，另一面也有对全然寂静无为的恐惧：“公主要睡死在荆棘缠绕的古堡里了，一切就要像那只木澡盆一样朽坏、枯死，在谁也不知道的什么地方变为灰尘。”

有许多悲哀，有许多错过，甚至可以说她的笔下几乎没有喜剧，最经常触及的，几乎都是可能错过的爱情，没有生长或只有单方面生长的爱情，致命的距离、死亡、命运——但“仍然可以笑着说，让杜拉斯见鬼吧，生活并不让人绝望，写作并不让人绝望，爱并不让人绝望。时间这样流水一样走过，我却像站在岸边，我也依然能够说，我不后悔，我做过的事情，好的还是坏的，全部都不后悔”。

读研

和她的许多同学一样，女儿大学毕业也去了国外读研究生。她喜欢走，喜欢旅游，有时甚至是一次旅游紧接着另一次旅游。靠她自己挣到的钱，她已经差不多走遍了美国，还去了三次欧洲。但我想她心里还是最留恋她成长起来的地方：北京，还有更早的江南。甚至北京也不只是现在的北京，还有那前人回忆中的、故旧的，天空和房屋经常灰蒙蒙、但有着清脆的鸽哨的老北平。

她读硕士时候的主要作品，就是现在大家看到的这部长篇小说。文本在此，我就不多说什么了，只对它的写作过程和其中“鬼”的含义略微介绍一下。还在读大学时，她就已经有了这样一个构思了，最早篇名也是叫“我的阁楼上有一只鬼”，并写了一个开头，但当时主人公的性别、遭遇，还有故事情节都不同，唯一相同的大概就是“阁楼上有一只鬼”这回事了。

这里的“鬼”实际是回忆，是灵对肉的纠缠，消失对存在的纠缠，过去对现在的纠缠，死者对生者的纠缠（实际还是生者自己对自己的纠缠）。这里的“鬼”并不吓人，自然也不“神通广大”，它们甚至连自己的记忆也不那么清楚了，还要阳间的人帮助弄清。它们不知道自己为什么到了“这里”，于是向自己认为合适的人“显灵”，试图弄明白到底是怎么回事。所以，这实际是一种回忆，或一种不安的回忆，它仍然是一种对于时间的感觉，一种对时间及其要带走的美和真相的留恋，一种善良但也软弱的对于遗忘的抗议。

作品的主人公叫良辰，是一个不知为何在一段时间里有“通灵”能力，能够见到“鬼”的人。而这也许是由于她有一种深深的敏感和怜悯吧，还在她少年的时候，她就曾看到过一个淹死的孩子变成的“鬼”。当她后来受到了巨大的情感创伤，爱情陷入了绝望，她来到了异国他乡。不料又有一个好友小棠的亡魂来“见”她，还有一个异地阁楼的八音盒里的“鬼”也出现了。而她自己的沉痛回忆也在其间缓缓展开。小说于是出现了一些悬念。比方说死去的小棠为什么要去桂里那样一个山村？她那么有理性，那么有计划的一个人，所有周密的理性计划却似乎是一个疯狂的目的——只是一个念记。她想了，她就去了。她的计划都很周到，但还是没有料到突然出现的泥石流。还有良辰和江城的爱情，看来是那样美满地含苞欲放，究竟是什么大祸从天而降，突然斩断了这刚刚开放的爱情？于是，良辰和江城的故事，小棠以及她所努力寻找的，与死去的小孩同名的同学方晴明，还有美国的邻居——修古董的女人 Lilith，八音盒子里的“鬼”的故事，就构成了其中的主要人物和情节，而主题可能仍然是我们熟悉的：真挚和投入，但终于不能结合的爱情、致命的距离、突然的灾难、命运的偶然，然而又还有仍然执着的对于爱情和生命的牵挂和回忆。

这一次，作者断断续续地写这部长篇，从 2005 年的 8 月陆续发在天涯的网络上，直到 2006 年 4 月 26 日发完，开始用的名字还是“我的阁楼上有一只鬼”，但是想要看一个鬼怪故事的人可能要失望了。“鬼”其实只是牵挂，是最后的牵挂，是未了的心愿，是活着的人的心疼，是死去的人未了的挂念，或者还有一点哀怨，但只是哀怨，还不是像美国小说《可爱的骨头》里的愤怒。牵挂完了，心愿了了，真相清了，于是它们再次消逝。而这次看来是真的完全消逝，连一点点如磷火似的“灵”也没有了。女主人公也失去了看见灵异的能力。

总之，现在出版的这部小说外观上或有点类似于古代的玄怪或聊斋之类，意蕴上可能还有点类似近年英美的畅销书如《可爱的骨头》《少年Pi的奇幻漂流》等，当然，思想情感还基本是现代人的。这里的“见鬼”实际代表着一种特殊的、打通凡冥两界的怀念和回忆那消逝的“苹果树、歌声、金子”（欧里庇得斯语）的能力，正是这种能力使生命不断再生。一旦失去这种能力，日子可能会过得比较平稳，但也会失去许多美感和体验的深度。

在女儿读博士期间，她又写了一些各类作品，我这里着重谈谈其中一个五万字的中篇《浮云旧》（或也可叫作《别亦难》）。里面的主线是一个叫夏末的女孩子和一个叫如期的男孩子的情感纠葛。这似乎是一部有关成长，甚至成熟的书。如何有阅历？如何获得社会经验？懂得人情世故，如何不再天真但仍然部分地保持纯真，如何在学校里就懂得社会？而实际有些同学早就懂了的，甚至有一种天性使他们能够早早地懂，这是他们本性里就有世故，还是家庭的期望和教导所致？精明让人讨厌，当然，精明也有好处。当你看到有的孩子太不精明，连自己的基本生活都过不好，一点都不会保护自己，你就会希望他还不如精明一点。但对太精明、太精于算计的人你还是烦厌。

问题在于精明狭路相逢地碰到了爱情。夏末遇到了如期，而如期正是那样的一个男孩子：他很早就了解到了成人世界的游戏规则，他很会掩饰自己，很会投其所好，他们要什么便给出什么，让对方得意扬扬的时候自己如愿以偿。但他又确实聪明、可爱，有天真无邪的动人微笑。夏末没有办法不知不觉地爱上了他，而他似乎也爱夏末，但在高考的关键时刻，他还是算计和利用了夏末的推荐名额。夏末似乎并没有损失什么，她还是不费力地考上了重点大学，但是，问题是这种算计，是这个人，而更要命的是：这个人还是她所爱的人，而她所爱的人的算计还是冲着她来的。于是，在她得知这件事的真相之后，“一点一点的，我注意到以前不曾注意到的事情，他怎样待人接物，又怎样游刃有余地处理一些事，而时时处处，他总是占尽上风。一些无关紧要的小谎言，一些简单便捷的小伎俩，都是不重要的小事，但是他每次都赢。他也并不是怎样的坏人，却那样想要掌控自己的命运，以至于要不惜手段，以至于，我再也无法贴近他”。

继续爱自然是不太可能了。然而，却还是有一种哀伤，有一种留恋。人可能不由得会想：深深的爱情为什么不能改变一个人呢？至少使他不对自己的爱人也算计？难道他本来就没有爱过别人？甚至于他根本就不会爱上任何人，至少不会真正完全投入地、愿意放弃自己重大利益地爱上任何一个人？

这样，我们就遇到了爱情和世故、深情和精明的矛盾。我们也从中看到了一个时代，一个崇尚成功、重视功利和算计的时代。夏末觉得如期不一定爱她，至少是不重视她对他的爱。但是，也有一个人在爱她。真正爱夏末的是安，至少真正在那时刻骨铭心、全力以赴地爱她的，是她的女友安。当安在一个特殊的场合，在古长城的垛口迎风说出“我爱你”的时候，夏末却突然感到手足无措，或许觉得这是根本不可能的。吃惊加上害怕，她逃跑了，然而，她没有想到，安竟然为此试图割腕自杀——虽然侥幸没死。多年以后，她遇到了安，更确切地说是遇到了安的画，忆念的画，这时她才再一次体会到安对她的爱有多深。

夏末后来在大学的时候又和一个可爱的男孩 L 好了一段，L 是一个干干净净的男孩子，还是一个体贴的人，一个有机械天才的人。她对L有好感，也舒服，甚至也是喜欢也是爱，但好像不是那种刻骨铭心、惊天动地的爱了。她不知道怎样开始再爱一个人。“我喜欢的东西他并不喜欢，他喜欢的东西我完全无法理解。这其实并不重要，可怕的是我们之间并无深爱可以弥补这样的差距。”所以，这种感情关系似乎还是持久不了。

又过去了一些年，夏末的生活似乎并不算成功，但还算活得自在。她现在已经有了不少阅历，会说：“谁都是我生命里的过客，区别只是有些人更加难以忘怀。”然而，有时她还是会忽然之间感到悲伤无法抑制，像潮水淹没沙滩一样无法抑制。“少年时我曾有巨大恐慌，有关忘记，我不能明白忘记，如果忘记了，你怎么能知道你曾经记得过呢？这件事便在你生命里消失了，你甚至不知道你忘记了一件事。你忘记了遗忘。”“而如果不能记得某事它是否存在于你生命中，还有什么意义呢？如果到最后，我们忘记了所有事，是不是就等于我们从未来过这世界呢？”

她也偶尔会注意到如期在继续走向成功，不断取得更大的成功，但是，她知道在这后面他活得有多累。有一天她在一份财经杂志上看到如期的大幅照片。他仍有皎洁少年的脸，依旧光鲜美貌，像这个社会所推崇的成功人士一样，看起来精力充沛和高高兴兴，从未有过失败和受伤。“而事实如何，我却是知道的。他的阴暗面，他的脆弱与挣扎，他能做出什么样的事，我都知道。即使离开他之后，我仍是最了解他的人。”“我就是在帷幕后面，静静看着他真实的面孔慢慢衰落下去……而我相信，即使当他享受他现时的成就，当他在最高峰的时刻，在他一切在握，他也再不能感到当我们在一起时那样的愉悦了。”然而“我”呢，“我”不也是失去了一些永远找不回来的东西？“就算我与人把盏言欢，而一旁琴瑟在御，莫不静好，我也是永不能体会到‘静好’这两字真正的含义了。人心的黑暗，人所想之事，本就是所有难解之谜里最为难解。我们自己，恰恰便是永远不能被理解中，最难以被理解的。”

夏末也重新想起这辈子第一次有人对她说“我爱你”的竟然是一个女孩。而这么多年过去了,她似乎仍然对如期并未说过“我爱你”耿耿于怀。是的，那是她的初恋，携其全部青春生命的初恋，完全没有计算之心甚至现实考虑的初恋，以全副身心、全部敏感投入的初恋。这样一种爱恋，还会再有吗？第一次说“我爱你”，“是多么复杂而精确的运算过程，要怎样的回忆，与所经历的一切事情，才能激发你在某个特定的时间，特定的地点，对一个特别的人，鼓起勇气,或者行云流水一般说出这句话”。而第一次听到说“我爱你”呢，不是也将引起巨大的震颤?

然而，两边都是绝望：她爱的人和爱她的人。

她对他感到绝望。而她俩也许互相都感到绝望。

于是，只有分离，远远地分离。

也许这也是因为时代变了。我们已经进入了一个功利和算计的社会。就像小说中也提到的,维斯康蒂的《豹》中萨利纳亲王说:“我们曾是狮与豹，取代我们的是豺狼与土狗。”

小说的结尾，夏末到她以前常去的一家咖啡馆，看到了一本老旧的、但她熟悉的留言本，她慢慢地边看边往前翻，看到了她很久以前写的一段话：

“如期，我还记得你对我说的第一句话，却不记得你对我说的最后一句话是什么。我还记得你名字的意义，关于你的一切。

这些话你大抵永远不会看见，你是否还记得我，或者你早就忘记我了。

我偶尔想起你，想起那些我们在一起的日子，想到那些日子将永不再来。

所以在这里，我要对你说一句我一直没说过的话，再见了，如期，再见。”

然而，她的眼泪忽然充满了眼眶。在这段话的下面，有人用小小的熟悉字体补写了一段：

“夏末，再见了，我对你说的最后一句话是：我爱你。

夏末，再见，夏末。”

也许，如期还是知道他失去了什么，知道什么是最宝贵的、不可替代和不可交换的。也许，尽管爱不能从根本上改变一个人，但还是有闪亮的爱的动人时刻，即便在一个非常功利和精明的人那里。

女儿尚未完篇的小说“幻相收藏家”可能是含有她的某种野心在的，她说她想在其中写各种不一样的人，他们的执念与病态，又是他们的常态与我们能理解的“同感”。她的视野更为广阔了，她注意到人的千奇百怪的性格和境遇的差异性，也注意到某种共同性，这种共同性至少能使我们在某种程度上理解甚至欣赏人的差异性。她在一个较早写的介绍中大致说出了她的初衷：“‘幻相收藏家’写的是一个收集幻觉的故事。迟雨眠是一个内心敏感的男人，他的女友小叶离开他之后，他开始收集一些有怪癖或者有奇怪的特性的人。在这个过程中，他遇到很多人，并不可避免地与他们纠缠在一起。他遇到了选择性失忆的几乎完美的男人，只能爱上死去的事物的标本制作师，喜欢观察别人却对自己的生活失望的工程师，总是谎话连篇似真似幻出现在不同地点的美丽女人，只有易装才能感觉到活着的设计师，有学习强迫症的女医生，无法感觉到现实生活真实感又惧怕离别的女摄影师，甚至是在海边反复纪录潮汐留下沙线的流浪汉。这一切源于一个约定，在这个过程中他终于感到，在幻觉的花越开越大之时，在整个世界不断重复的旧事之中，在所有人都以自身的苦恼与喜悦对抗漫长的时间，以肉身的脆弱承受精神的不安之际，他渺小的爱恨情仇已不再那么重要，因此他终于得以从心所欲，重新获得自由。”

女儿或已形成了她的比较固定的文学风格，我一下子不知如何描述这种风格，或只好说是一种深受过中国古典文学熏染，甚至也受过一些哲学熏染的风格。她目前也有她特定的主题：失去的或不可得到的爱，爱的无常、消逝和回忆、牵挂，致命的距离或终成陌路。不过，日后题材还是会发生变化的，尽管风格可能不易变化，甚至主要的意蕴也不易变化，那就是在一种不断消逝的时间中执着地追求爱或打捞爱。从良辰和江城的分离，到夏末和如期的分手，前一次是因为一种俄狄浦斯似的命运，后一次是因为相爱的人其实不是一种人。爱和功利、算计是不相容的，至少在爱人那里不相容。爱常常是无力的，很难改变什么，不能改变我所爱的人，甚至也不能改变爱我的人。但爱还是爱，甚至在精明算计的功利者那里，爱突然苏醒的一刻也依然是美丽动人的。过去的爱或已成废墟，但这废墟也仍然是美丽的。而我们还保有对未来的自由。

写作的巨变

女儿读研期间的作品还有《落花人独立》《寒暖记》等小说，以及大量诗歌和游记等，我这里就不再一一介绍了。现在我想借此谈谈我所体会到的近三十年写作的巨变和作为一个“50后”的我对“80后”写作者的观感。

我自己也是一个写作者，虽然不是文学的写作者。而我感到，最近三十年的写作从内容到形式、从目的到手段、从作者到读者的构成、从创作的手段到传播的方式的确发生了一个巨大的变化，甚至可以说是“亘古未有”之巨变，或者也可以说，这是近代以来社会巨变的延续和表征。正是“科学”、“技术”、“民主”和“平等”等现代理念的实践和发展，将写作的变化推向了一个新高峰。

传统文学的写作目的和内容多是文以载道，近代以降一直到20世纪80年代之前，这一点形式上似没有太大的改变，但是所载的“道”有了根本的改变，甚至一度变得极度地一元：所有的写作都成为一种思想和主义的“合唱”,所有的纸笔都成为一个组织的“喉舌”。写作与传播的方式手段也在近百年有了大的变化，比如不用文言而用白话了，不用毛笔而用钢笔了，不从上到下写而是从左到右写了，以及报纸和期刊的大量出现，等等。这些变化自然都是很大的变化，尤其是文言改白话，而初看似乎只是技术性的变化其实也影响到文化的内容,例如不用毛笔写字了。在我这一辈中写字写得好的是罕见，而前辈学者文人在我们看来却几乎都像是“书法家”，本来一体的传统文、字在我们这里就似乎分家了。但直到20世纪80年代，至少有一个主要特点还是和过去一直贯通的，即国人的写作都还是最关注思想的“道”，而且常常是比较一元的“道”；写作使用的都还是纸和笔，也主要是通过纸质的媒介印刷和发表，因而发表也就受到一定的限制,有一定的门槛,写作者往往构成一些专门的特殊群体(例如专业的作家或文人、学者或记者等)。

然而，这些情况在20世纪90年代却发生了巨大的变化。虽然改革开放的决策在“文革”结束之后的70年代末就启动了，但真正广泛地影响到了社会日常生活的市场经济的全面铺开要到90年代初才开始。尤其是1992年邓小平南方谈话之后，市场经济迅猛发展，民营企业乃至自由职业者大量出现，外资外企也纷纷进入，国家不再是唯一的雇主，电脑、网络、手机等迅速普及，各种技术都试图与西方同步发展。相应地，人们写作的社会氛围、方式和手段也开始大变。写作的目的和方式趋于平等和多元化，开始写作的年轻人不会再想用笔去“唤起工农千百万”，或者如何与大众结合，为人民服务，更不会去做什么人或什么组织的“笔杆子”，成为谁的“喉舌”。他（她）们也不怎么会去考虑思想启蒙，不会去想用自己的笔改造中国和世界，作为“人类灵魂的工程师”塑造新人，甚至不想总是生活在深处，不想活得太累，也不太以发表为意，重要的是写作，是表达，或也寻求一些知音。而有了网络，寻求知音不再是一件困难的事情了。人们纷纷以“键”代“笔”，并可以随时随地地将自己所写的东西发在互联网上，得到反馈或共鸣。

我这里想特别强调一下写作方式与手段的重要性，它们和写作的目的内容其实是密不可分的。我作为一个曾经用笔书写和在纸质媒体上发表文字的“过来人”，可能比一开始就用电脑和网络的人更能感知这种写作方式和传播手段变化的革命意义。我们也许需要更深入地探讨一些这样的问题：不用纸笔而用键盘写作对我们的思想方式和内容将有怎样的影响？而网络的巨大传播力又对传统的“社会影响力”造成了怎样的冲击？今天我使用Word等写作软件的确可以更方便和整洁地修改、加注和做索引，而使用互联网也可以迅速地查询一些资料，但自觉也好像失去了一些东西。写作的节奏和心态都发生了许多变化，或许有一些思想和感受不再容易在这种键盘敲击中出现了。我知道许多前辈学者如余英时先生还是用纸笔写作，他们的“与时俱进”似乎只是进到用传真，但还是不用电邮，因为传真还是可以传送“纸上的手写”的。而到我们这一代学者，基本上都换成在电脑上写作，通过网络电邮传递文件了。然而，面对像余英时及其老师钱穆先生手写的高质高产，我们还是感到羞愧。

但写作的队伍的确是如雨后春笋般地无比地扩大了，尤其是文学写作。写作其实不仅是私人的事，甚至再内在的写作也会潜在地渴望着一二知音，更不要说年轻人的、初出道的、特别需要鼓励和共鸣的写作了。而网络提供了非常便利的交流和沟通的条件。有了互联网，稍好的写作者几乎都能在网上找到自己的同道。具有写作才能的人不再容易被埋没了，或者说不容易在萌芽的时候就被扼杀了。中国近代以来的写作史上出现过两次大量的笔名潮：第一次是20世纪初，那时是伴随着新思潮的传入和大量报刊的兴起；第二次则是21世纪初，这次是伴随着互联网的出现而涌现了大量化名和匿名的作者，而且，这次的作者和受众数量之大是第一次远不能比拟的。总之，因为现实政治和传统束缚的放松，写作和传播手段的新颖、方便和普及，写作的队伍是无比地扩大了。文学的写作也不再是要反映生活或干预生活，要“源于生活、高于生活”，而是写作本身就成为一种生活，成为生活的一部分，写作越来越成为一种生长的自我体验或自我教育，有时甚或也就是一种自娱自乐。

但网络可能既是一种显示，也是一种遮蔽。大家都写，就可能淹没真正的大家。我这里想将今天的文学写作状态和我比较熟悉的19世纪的俄罗斯文学做一比较，那时，写作的人、或者说写了能够发表的人比较少（或者说非真正有强烈写作动力和突出才能的人就不会去尝试写作了），但是，有好的作品几乎马上就会被注意到，马上会引起注意力集中的讨论和批评。像陀思妥耶夫斯基、托尔斯泰的早期作品，几乎都是甫一问世就得到了很大关注和很高评价。作家之间有许多的书信往还，有通宵达旦的朗诵和讨论。而他们也把写作当成了自己的毕生事业和使命，全力以赴、呕心沥血。即便他们暂时不写作，社会也在期待。而为了创造他们心目中真正好的作品，他们会从容浇铸，精雕细刻，反复修改，以不负自己也不负众望，像托尔斯泰的《战争与和平》数百万字的巨制，他的妻子光抄他的修改手稿就抄了七遍。而我们今天还能出现陀思妥耶夫斯基和托尔斯泰这样的作家吗？甚至我们还需要这样的作家吗？今天人们在网络上似乎越写越短，从博客到微博，文章的篇幅也从千字文缩短到百字文。但也有的“写手”写得很长，他们的连载小说常常每天要写上万字，一年就写成一二百万字的长篇。但大概连他们自己也不容易甚至也不愿意再去完整地读它。今天的许多作者追求的似乎也主要是传播的广度，而不是写作的深度，是“流传”而不是“留传”。时间不再是那么重要的了，重要的是空间。

一个五零后看八零后

我们也许还可再细看一下近三十年来的写作史。在我看来，真正值得观察每十年一代人特点的时段，都要往后再推十年。所以，“80后”获得将对他（她）们一生有几乎决定性影响的社会经验并不是在80年代，而是在90年代，他（她）们的真正写作也是从90年代开始的。像“50后”“60后”“70后”等大致也是如此，如我所属的“50后”，我们的生活经验和思想刺激就主要是在强调阶级斗争直至“文化大革命”的60年代获得的。

这样，我们或可将“50后”、“60后”甚至“70后”划归一大类，因为，甚至“70后”也是如此，他（她）们的成长敏感期是在

图书在版编目（CIP）数据

活下去，但是要记住 / 何怀宏著. — 北京 ：北京出版社，2020. 2

ISBN 978-7-200-15185-5

Ⅰ. ①活… Ⅱ. ①何… Ⅲ. ①散文集—中国—当代 Ⅳ. ① I267

中国版本图书馆 CIP 数据核字（2019）第 245692 号

出 品 人：安　东　高立志
策 划 人：王远哲
责任编辑：高立志
责任印制：陈冬梅
封面设计：吉　辰

活下去，但是要记住
HUO XIAQU，DANSHI YAO JIZHU
何怀宏　著

出　　版：北京出版集团公司
　　　　　北京出版社
地　　址：北京北三环中路 6 号
邮　　编：100120
网　　址：www.bph.com.cn
发　　行：北京出版集团公司
印　　刷：北京华联印刷有限公司
经　　销：新华书店
开　　本：880 毫米 ×1230 毫米　1/32
印　　张：6.875
字　　数：164 千字
版　　次：2020 年 2 月第 1 版
印　　次：2020 年 2 月第 1 次印刷
书　　号：ISBN 978-7-200-15185-5
定　　价：58.00 元

如有印装质量问题，由本社负责调换
质量监督电话：010-58572393